# 中野のお父さんの快刀乱麻

北村 薫

文藝春秋

目次

装画・本文挿絵　益田ミリ
装丁　大久保明子

# 中野のお父さんの快刀乱麻

# 大岡昇平の真相告白

# 1

秋から冬の初めにかけて、大学女子バスケットボール、関東のリーグ戦が始まる。中堅編集者の田川美希《たがわみき》も、かつてはそのコートで汗を流していた。卒業後もバスケ部とは繫《つな》がりがある。時折、顔を出し、いささか、お役にも立って来た。

伝統ある部活なので、ライバル校との定期戦がある。男子は、あっと驚く戦前から。女子でも、ソ連の人工衛星が、くるりくるりと地球の周りを飛び始め、子役の吉永小百合《よしながさゆり》の可憐な声がラジオ（テレビではない）から流れていた頃に始まり、以来、毎年行われている。

具体的にいえば一九五七年、昭和に言い換えれば三十二年からになる。美希から見れば、霞《かすみ》の彼方。とんでもない昔だ。

美希が勤めているのは、文宝出版《ぶんぽう》。ある時、ふと、

――その年の文芸の話題は？

と、資料室で調べてみた。

三島由紀夫《みしまゆきお》の小説『美徳のよろめき』が書かれていた。人妻の恋が扱われ、話題をさらったそうだ。『金閣寺』と『仮面の告白』の間に、それを挟んだ文学全集もあった。となれば、なるほど注目作だったのだ。おかげでその年、《よろめき夫人》が流行語になったという。

「知って、わたしは驚きましたよ」

上司の丸山《まるやま》にいうと、

「何で？」

「わたしは、今まで、《よろめく》っていうのは、『氷点』から来てるんだと思ってました」

「三浦綾子《みうらあやこ》の？」

「ええ。あれって、何度もテレビでやったでしょう。わたしが子供の頃にも、連ドラになってました」

病院長の夫人が、よろめく。無論、それだけではすまない、内容のある物語だけれど。

美希は続ける。

「――まだ可愛かったわたしは、それで初めて覚えたんです。《よろめく》っていうの」

言葉というのは、どこから入って来るか分からない。丸山は、

「ほおお」

と、眼鏡を光らせる。

「うちに本があったから読みましたよ、『氷点』。小学校高学年で」

「ふむ」

「ところで、編集長は読んでます？　――『美徳のよろめき』」

立っていた丸山は、ちょっとよろめきながら手を横に振り、

「いやいや。――しかし、知識として知っている」

編集部には、当然のことながら、何冊か辞書が置いてある。

大昔の『言海』は文庫本になっている。それをみると、《よろめく》は、《老人、病人、酔人、ナドニ》使う言葉となっている。《人妻》は――ない。時を越えて、現代の『大辞林』には、堂々、②として《誘惑にのる。特に、浮気をする》と出ている。

三島以前に、今の使われ方がなかったとしたら、これを捕まえて来る語感は鋭いものだ。

それはさておき、よろめき元年から続いている定期戦では、バスケ部が、パンフレットなどといって簡単に片付けられない、きちんとした小冊子を作成する。あちらこちら

に配布するのだ。それだけではない。大会や記念の年の節目にも、冊子が必要になる。

プロになった美希の目から見ると、この作りに物足りないところがあった。

――自分に出来ることなら……。

と、申し出たことがあった。それやこれやが、差し入れにシュークリームやゼリー飲料たまには稲荷寿司などを持って行くだけではない、美希の協力だった。

## 2

関東リーグ戦――と、口でいってしまえば簡単だが、七十を超える大学が参加する。大きなイベントだ。

試合は休日に行われる。会場の埼玉まで出掛けて行った。初めて降りる駅で、バスも一時間待ち。結局、タクシーを使った。

大学バス停のある広い道から、先まで入ってもらえた。

――はるけくも来たるものかな。

という感じになる。

体育館に入り、高い天井を見ると、いくつもの会場で戦った日々を思い出す。今日の相手は、大差で二つの試合を勝ち抜いて来たチームだった。

美希が気になるのは、――人数だ。力を入れている大学は、かなりの人数をかかえている。これに対し、美希のところは上級生はまあまあだが二年生が五人、一年生に至っては二人しかいない。精選しているので簡単には入れない――ともいえるが、それにしても、この数は心細い。

会場には、今年卒業し、第一志望の銀行に無事入れた卒業生も応援に来ていた。そろそろ職場にもなじんだ頃だろう。

「先輩！」

と、美希に挨拶に来た。

就職に関しても、美希はいささかの力になっていた。勿論《もちろん》、口をきいたりは出来ないが、仕事が仕事だから、入社試験の作文や面接についてならアドバイス出来る。

以前は、人柄も本当によく、能力もあり、会社に入れば必ず役に立つ――という子が、落ちたりしていた。

――基本のキが、分かってないんじゃないか？

そういう疑問が湧いた。筆記もあったというので、

「どう書いたの？」

と、試しに聞いてみた。すると、就職試験のポイントが、まるで分かっていない。

――こりゃあ、指導が必要だな。

ボールの扱いだけではない。時期が来れば、選手も皆、卒業する。こういうところも教えられる人間が、いるに越したことはない。

美希が動いた頃から、皆の協力で事態が改善されて来た。

今日、嬉しそうに挨拶してくれた子も、美希が、相談に乗った一人だ。

さて試合は、といえば、優勢のまま進み、一年生二人もコートに立たせることが出来た。新人が、緊張感を持って動いているところを見るのはいいものだ。

美希の会社はといえば、今年は文庫の部署に、目のくりくりした元気のいい新人女子が配属されて来た。春の連休明けの頃だったか、

「どう、大村《おおむら》さん」

と、調子を聞いたら、両手を上げた招き猫のような形になり、

「初めての校了、写メして、達成感ですっ！」

まかされた最初の本のゲラを最終段階までチェック、カバーや帯の色校正も終えた。そこで、

——やったぞ。

と、目の前に一式を並べ、カシャッとスマホに納めたのだ。

「はあー、時代の変化を感じるねえ」

「先輩の時はどうでした。初仕事を終えた感想は？」

「わたしは、最初が女性誌。行ったその日が校了だった。何が何だか分からないまま、暴風雨の中に入ったみたい。いきなり《このコラム見て頂戴》といわれてね」

「ひえー」

「後から先輩も確認したけどね。でも《よし》の後、《次から、一人でやってね》と千《せん》尋《じん》の谷底に突き落とされた。――夜明けまで、文化祭の前の日みたいにハイテンションで働いて、気がついたら、朝の光が窓を照らしていたわ。仕上がった途端、先輩が《さあ、飲みに行くぞーっ！》」

「朝からやってるんですか？」

「そういう店を知ってるのよ、蛇《じゃ》の道は蛇《へび》――で」

「……恐ろしいですねえ」

「恐ろしいよお。初仕事の感慨も何もなかったわ。気がついたら、台風が通り過ぎてた感じ」

新人は、様々な形で新しい時を迎える。そして、若い人の成長は速い。目の前のコートでも、ついこの間入部したと思っていた後輩たちが活躍している。

バスケ部の方は埼玉の試合を無事に勝ち上がったが、翌週、栃木では無念、敗れた。優勝候補相手に、一点差。怪我とファウルで、エースを二人欠いていた。

――なのに、一点差だぞ。

と胸を張りたいところだが、胸の上の、口はどうしても、悔しさの歯噛みをしてしまう。

――ぎりぎり。

3

十月に、なった。

原島《はらしま》先生が、いった。

「ふと、夢想してしまうんだよ」

美希と二人、神保町の、ビルの二階にある喫茶店で、打ち合わせをしていた。

原島博《ひろし》先生は、趣味が古書店巡り、半世紀以上前からこの街を歩いている。眼下の靖国通りを見やりながら、

「……明治も末の四十二年」

「随分とまた昔ですね」

そして、妙に具体的だ。

「神様が、日本の空の上をふらりふらりとウォーキングしてた」

天高く、お馬さんも太るという収穫の季節だ。空気も澄み、空も明るい。広い通りを

車が行き来し、向こう側の歩道には人の列がある。

――神様も、あんな具合に――。

と思いつつ、

「雲の上、歩くんですか？」

「まあ、そうだなあ。――神様ともなると、大変なお年だ。健康のため、ウォーキングは欠かせない」

「そうなりますかね」

「歩いてるうちに、今年生まれる赤ちゃん達がいるところに来た。子供のうちは、皆、可愛い。ましてや、まだ生まれてないんだ。……とりあえず無垢《むく》なんだなあ、これが」

「でしょうねえ」

と、美希は紅茶を啜《すす》る。

「ところが、その中に、しゃべってしゃべって止まらない二人がいた。といっても、まだ言葉にならない。生まれてないんだからね。正確にいえば《しゃべ》っちゃいない……何というか、お話が、存在の内から溢れて来る。物語の缶詰のような赤ちゃんだ。二人並んでいると、右と左のスピーカーから、別々の音楽がとめどなく流れて来るようだ……にぎやか過ぎてたまらない」

「やめられない、止まらない」

「そこで神様はおっしゃった。こっちの子は、午前中にしゃべらせよう。こっちの子が話し出すのは、それからだ」

——それが、どうして明治四十二年のことなのか？

と美希は思う。先生はいう。

「で、神様は、二人が生まれるのも六月と十二月に分け、初めにしゃべる子は北の、津《つ》島《しま》という家に、後の子は南の、松本《まつもと》という家に行かせた」

名字が出て、分かった。

「おお。——太宰治《だざいおさむ》と松本清張《せいちょう》ですね。同じ年に生まれたんだ」

「そういうことだよ」

と、先生は薄く白い髭《ひげ》のぱらつく顎《あご》を撫《な》で、頷《うなず》いた。

「太宰が逝った後、清張は筆を執り始め、やがて猛然とその道を突き進む。活躍した時の違う二人だ」

「しかし、その二人が同学年だなんて、不思議な気がしますね」

「後世に残る作家という点では同じ。見事に走ったが、走り方の違うランナーだったなあ。……そう考えると、人間というのが面白くなる。人さまざまだ」

美希は、清張先生を思い、

「大器晩成の人が早死にしちゃったら、つまらないですね」

「うーん。つまらないというか……可哀想だな。しかし、そういう人も大勢いたろう。世に出ないから、分からない。知られざる天才。それがまあ運命というわけだ。……甲子園をわかせる力を持ったチームが、何かの加減で地区大会で消えることだってあるだろう。高いところから見たら、それもまた……人生の味なんだろうな」

そこまで聞いて美希は、

――おお、そうだ。

と膝を打った。先生は、胸を張り、

「うむ。人生の味に、感銘を受けたね」

「違うんですけど」

先生がっかり。美希は続ける。

「――文豪繋《つな》がりで、思い出しました。《よろめき夫人》」

## 4

「何だい、そりゃ？」

「この前、先生に出ていただきましたよね。――菊池《きくち》寛《かん》特集の対談に」

博覧強記の作家さん同士の対決になった。丁々発止とやり合う、脇にいても聞きごたえのあるものだった。

「そうだった。田川君には、すっかりお世話になったなあ」

　対談場所が、遠く四国高松の菊池寛記念館だった。美希が、旅慣れない先生のお世話をした。倒れられては一大事だ。炎暑の時だったので、水分補給の心配までした。

「過ぎてみれば楽しい思い出です」

「そんなに嫌だったかい」

「いえいえ。――で、あの対談が、大変、好評だったんです」

「丸山君も、わざわざ、礼をいって来たよ。――お役に立てたなら、嬉しい」

と、先生は幸せそうな顔になる。

「あの中に《夫人》問題が出て来たでしょう」

「フェミニズムかい。そんなこと、いったかなあ」

「違います、違います。菊池寛と大岡昇平《おおおかしょうへい》のことです」

「大岡も、明治四十二年の生まれだな」

「そうなんですか！」

　魔法の糸があるような繋がりに驚く。

　一方の菊池寛は出版界に重きをなし、文壇の大御所といわれた。そのきっかけが、新聞小説『真珠夫人』の爆発的ヒット。大正時代に書かれたのだが、何と、平成の昼ドラにもなった。で、古めかしいと無視されたか——というと、全く逆、大変な視聴率をあげた。

戦後、あまりの人気に、さまざまな逸話を生んだ作に、菊田《きくた》一夫《かずお》の『君の名は』がある。しかしこちらはリメイクされても、評判にならなかった。

おそるべし菊池寛。

原島先生は、『小説文宝』に載った対談で、その『真珠夫人』について、こんな風に語っていた。


「夫人」という言葉が力を持ったのは、まだ世界に闇があり、手の届かないものが確かにあった時代だからです。ほかの言葉でいえば、たとえば「博士」。江戸《えど》川乱歩《がわらんぽ》の作品に「魔法博士」や「妖怪博士」が出てきます。それは、「博士」という言葉に魔力があったからです。「インド」という言葉も、昔はインドから来た魔物、インド小僧なんて、インド人もビックリの扱われ方だった。得体の知れない魔境。要するに「博士」も「インド」も、そして「夫人」という言葉も、当時の庶民には距離感があった。だから、魔力を持ち得たわけです。

そして、いう。

大岡昇平の『武蔵野夫人』は、編集者の回顧録を読むと、はじめは『武蔵野』という題で書かれていたのを編集者が助言して『武蔵野夫人』となりベストセラーになった。『武蔵野』という本だったら売れたかどうか……。

さらに、先生は、

「夫人」と付けただけで、人の心を摑《つか》むものがあった。『真珠夫人』。このネーミングひとつにも、菊池寛の恐るべきセンスが表れているんです。『真珠おかみさん』ではない（笑）。「夫人」は向こう三軒両隣にはいなかった。別世界を指していた。『貞操問答』に出て来る、軽井沢のようなものです。

『貞操問答』も、菊池の代表的長編のひとつである。これもまた、ベストセラーになった。

菊池は、作家という枠を超え、ジャーナリズムの世界の大立者となった。今は当たり前に行われている座談会という形式を考え出したのも彼だという。

菊池寛は、時代が何を求めているかを知る人だった。

5

「《夫人》問題。なるほど、そんなこともいったなあ」

先生が頷く。美希は、出身大学バスケットボール部の、ライバル校との定期戦について話した。

「それが始まった年、三島が『美徳のよろめき』という長編を書いているんです。昭和三十二年」

「ほお」

「《よろめき夫人》が、流行語になったそうです」

「うーん。三十年代なら子供だったが、……世間でそんなことをいってるのを、聞いたような気がする」

「この間、リーグ戦の応援に行ったんです。それをきっかけに思いが漂流、《意識の流れ》の中に《よろめき夫人》がよみがえって来たんです」

「思わぬところから思わぬところに行き着くもんだなあ」

「《よろめき夫人》なんて、三島にとっては嫌な言葉でしょう。『美徳のよろめき』は、丁寧な細工ものです。それに比べたら、随分、俗っぽい。——大岡昇平の『武蔵野夫人』は、昭和二十五年でした。六、七年の間に戦争も遠くなったし、——《夫人》という言葉も、《よろめき》が付けられるくらい軽くなったんでしょうか」

「うーん。戦後の一円は、戦前の一円とは比べられない。言葉の値打ちも変わるからなあ。あれもこれも、時と共に変わって行く。——変化といえば、——そうだ、わたしもスマホになったよ」

と、突然、ガラケーからの進化を告げる先生。取り出したが、自分では登録が出来ない。渡された美希が、自分のアドレスと電話番号を入れて返す。

「これで田川さんとも、スマホでやり取り出来る。いや、面倒なことを、ちゃっかりやらせて申し訳ない。——そうだ、わたしが子供の頃、確かラジオで——『チャッカリ夫人とウッカリ夫人』というのをやってたなあ」

おかしなところから、《夫人》問題に返った。

「ドラマですか」

「そうだよ。人気があったんだ。テレビや映画にもなったと思う。《夫人》といったら、昔は手の届かないところにいたわけだ。しかし、戦後の《ウッカリ夫人》は違う」

「高級感がないですね」

「《あーら、茶刈《チャヤカリ》さんの奥様》なんてやってた……ような気がする」

向こう三軒両隣にいそうだ。

「本来、《夫人》といえば、見上げるものだったんですね」

「うん。《令夫人》なんていったからなあ」

見上げたものだよ、《レイフジン》。

打ち合わせもすみ、階段を降り、神保町の古書店街に出た。右と左に分かれて美希は、地下鉄の駅に向かった。

長い階段を降り、通路を折れ、また階段を降り、まさに改札を抜けようとした時、スマホが鳴った。先生だった。

切れ切れの口調で、

「まだ、――地下鉄に、――乗っては、――いないかね」

通話出来るかどうかの、確認ではなさそうだ。

「いえ」

先生は、そこで、やっと落ち着き、

「だったら、申し訳ないが、さっきの喫茶店の入口まで、戻ってくれないか」

「それは大丈夫ですけど、一体……」

機嫌のいい声が、こだまのように返って来た。

「見せたいものが出来たんだ。うーん、お忙しいとこ、――どうもスマホ」

切れた。

おじいさんギャグだ。美希は、耳から離した長方形の画面を、しばらく睨《にら》んでしまった。

画像を巻き戻すように戻ると、先生は、喫茶店に上る階段の前で待っていた。にこにこしている。手に提《さ》げていた古書店の小さい袋を、掲げ、

「たった今、そこの店の平台《ひらだい》で見つけた」

そして中から、一冊の本を引き出す。灰桜色の表紙に『風の道―編集者40年の思い出―』とある。著者は松本道子《まつもとみちこ》。

先生は、嬉しそうに、

「……縁だなあ」

「はい？」

「さっき、大岡昇平の話をしたろう。『武蔵野夫人』の題の変更。――これに、書かれてるんだ」

6

本との出会いは一期《いちご》一会《いちえ》。

目的があって検索するパソコンと違い、ふとしたところで巡り合う、それが古書店巡

りの醍醐《だいご》味《み》だ。

「これ、勿論、うちにもあるけど、容易なことじゃあ見つからない。本の山の奥の奥だ。そういう一冊が、話した途端に見つかった。——これはね、君に渡せという神様のおぼしめしだ」

ベテラン編集者の回想録らしい。勿論、興味がある。ありがたく、いただいた。本も読む人のところに来たがっているだろう。

地下鉄の中で、早速、開いた。

ノラブックスというところから、昭和六十年に出た本だ。著者の松本道子さんは、戦争中、講談社に入社。校閲部を経て、『少女クラブ』、次いで『群像』編集部に配属される。出版部部長となり、定年で退職している。

会社に戻るまでにめくったページの中に、『武蔵野夫人』の話題は出て来なかった。

新人の元気女子、大村さんの顔が見えたので、聞いてみた。

「ねえ、元号が令和になったでしょう」

漢字は同音のものが多い。《レイ》といっても数多い。清らかで美しい《令》の字を浮かばせる伏線だ。

大村さんは、大きく頷き、

「はい」

「じゃあ、《レイフジン》といったら、どんなイメージ？」

「えーと。《令》さんという名前の《夫人》ですか」

思いがけない方向に行く。

「じゃあ」と、応用問題で、「……《レイジョウ》は？」

《令夫人》に並べれば《令嬢》の方が分かりやすいだろう。しかし、

「警察の？」

――捜査令状か！

ますます、ずれた。

《令夫人》や《令嬢》が、いかに日常から遠くなっているか実感した。言葉が、というより、楚々《そそ》たるお嬢様そのものが消えたのかも知れない。

帰りの電車の中で、『風の道』の続きを読んだ。

いよいよ、『武蔵野夫人』が出て来た。

大岡昇平は『野火』や『俘虜記《ふりょき》』の作者だが、スタンダールの専門家でもある。編集部内で、それなら恋愛小説を書いてもらおう――という声があがった。松本さんは、《意外性と必然性の両方がある名プランだなあと感じ入》った。幸い、受けてもらえた。

こうして昭和二十五年新年号から、『群像』での連載が始まる。

連載第一回の原稿ができてきて、印刷所に渡す前に読ませてもらいましたが、武蔵野の地形を綿密に描いてゆく冒頭の文章を読みながら、「スゴイなあ」と思いました。編集長も大岡さんの担当の有木さんも、この新連載の幸先がいい出だしを喜んでいました。雑誌がまだ若い時期だったでしょう、伝統はないわけだし、何かというと「(講談社だから) 泥くさい」って評されていましたけど、編集部みんなで少しでもよい作品をってがんばっていたんですね。わたくしもそこに参加できたわけで、そんな雰囲気をほんとに懐かしく思い出します。

『武蔵野夫人』の主人公の名前は勉と道子なんです。有木さんの名前が勉で、わたくしが道子だものですから、あれは二人の名前を使ったということが、通説みたいになりました。そう書かれたものも一、二読みましたけど、わたくしは、連載が始まる段階では大岡さんにお目にかかっていませんので、道子のほうは偶然だと思います。

7

文学史に残る作品の誕生だ。読んでいると、自分がそこに立ち会うかのように、わくわくする。

談話の口調だ。そこで「あとがき」を読むと《五回に亙《わた》っての「話」を、軸にして加筆いたしました。日記も、心おぼえのノートも、私には無かったのですが、記憶の糸を引出す役目を、四十年来の友人の川島勝氏が、黒子に徹してつとめて下さいました》とある。この川島氏が、第一稿をまとめたのだろう。

話は続く。

『武蔵野夫人』は講談社で単行本になり、当時としてはベストセラーになって、溝口《みぞぐち》健二《けんじ》監督、田中絹代《たなかきぬよ》主演で映画にもなりました。原作が溝口さんの肌合と違うし、ミスキャストでもあったので、映画は成功しませんでしたけど。

文芸出版の歴史が浅かった講談社ですから、単行本の部数を決めるのも難しかったらしく、初版は「僅少」だったようです。知られている話ですけど、最初に付いていた題名は『武蔵野』だったそうです。国木田独歩《くにきだどっぽ》に同名の作品があるし、恋愛小説の題名としては少し地味だと思った編集長の高橋さんが、「夫人」を付けたらどうかと提言し、大岡さんも容れられて『武蔵野夫人』になったと聞いています。それも、売れ行きが伸びた一因だったでしょうね。文芸ものも「商売になる」ということがわかった最初の作品かもしれません。

なるほど、こういうことだったのか——と、よく分かる。

興味深い話の、出典となる本が自分の手にあるのは面白い。

そういえば、菊池寛対談のことは、実家の父にも話していた。といっても、その前段階、四国の居酒屋で原島先生から聞いた、ある言葉についてのやり取りだったけれど。

――えーと、対談の載った号は……。

編集者に成り立ての頃は、かかわった雑誌や本を、その都度《つど》、父母に見せていた。しばらく経つと、そんなこともなくなった。

《夫人》問題も、ほんの一部。いろいろの話題が出ていた。父には、猫にマタタビだろう。その上、『風の道』という参考資料まで手に入った。

――よし、今度、行った時、揃えて見せてあげよう。マタタビの上にマタタビを乗せるようなものだぞ。

喉まで鳴らして喜ぶかは、分からない。

8

次の日曜の午後、中野の家に行ってみた。

十月といっても爽やかな空ばかりではない。このところ、秋の長雨が続く。思い切った本降りにはならず、曇りや小雨――要するに、空がすねたようだ。

高校の古典文法の例文に《降りみ降らずみ》というのが出て来た。降ったり降らなかったり、だ。

――《押しつ押されつ》というのもあったなあ。『ドリトル先生』の物語に出て来る、頭が二つある動物の名前に、使われていたっけ。《オシツオサレツ》。

そんなことを考えながら駅を降りると、意地悪く、ぱらつき出した。広げた傘の上で、雨粒が小さく撥《は》ねる。

家に着いたが、定位置の掘り炬燵《ごたつ》に父の姿がない。散歩に出るような空模様でもない。

「お父さんは?」

「裏よ」

母が答える。《裏庭》とはいえないほどのスペースがあるのだ。

父は去年から、そこの地面に手を入れ、猫の額ほどの菜園を始めていた。

家の中を抜け、奥の部屋のサッシ戸から覗《のぞ》いて見る。煉瓦《れんが》色のパーカーを引っかけ、頭に麦藁《むぎわら》帽子、さらにビニール傘をさした人がいた。こちらに背を向け、しゃがんで何かやっている。

正体不明だ。これでは年齢も、性別すらも分からない。

サッシを開けると、かすかに、濡れた土の匂いがした。

「お父さん」

声をかける。傘越しに、

「おお！」

おおげさな声をあげたのは、確かに、父だった。

9

「もう少ししたら、炬燵布団を出さなくちゃあね」

暖かくなれば、茶の間の掘り炬燵をただのテーブルとして使う。冬が来れば、本来の形に戻さねばならない。

「まだ先のことだよ」

「そういってるうちに、除夜の鐘が鳴るよ。少しは整理しておいて」

テーブル役の炬燵板の端の方に、本が山積みになっている。雑物もあれこれ載っている。無論、炬燵の周りも同様の惨状だ。

父は、敗北を認め、

「片付けるのは大変だ、心身ともになあ。なかなか、えいやっ――という掛け声が出ない」

今、抜いて来たカブを母に渡す。取り立てを、味見させてくれるのだ。

「そういう面倒がりが、よく畑なんか続けてるわね」

「頼まれちゃあ出来ないな」

趣味なら、人は動く。

「枝豆はもう終わり？」

「あれは、どうも連作に向かないようだ。——聞いたところによると、土を畑のものらしくするには、まず五年はかかるそうだ」

それぐらいの方が健康にいい。父は畳座に上がり、どっこいしょと腰を下ろす。

「さっき、やってたのは？」

「——虫との戦いだ。葉を取ったり、オーガニック用の殺虫剤をかけたりする」

母が、お茶をいれてくれる。すまん、と口に運び、

「——緑は一日、一日、成長する。見ていて面白い」

美希も向かい合い、

「白菜まであって驚いたよ。ちょっと見ない間に、新顔が増えたわね」

「そうだろう」

「あんなに、くっつけて植えていいの？」

「よくぞ聞いてくれた。間引きしてから一本立ちにする。あれでいいんだ」

何だか、よく分からない。美希は、畑より自分の田圃《たんぼ》の方に水を引いてしまおうと、

「ところでさ、四国の菊池寛記念館に行った話、したでしょ」

「うん。ミコから、《菊池寛はアメリカか?》なんて問題が出たな」

ほかならぬこの炬燵で、その謎を解いてもらった。

美希は、原島先生とのやり取り、さらに場所が神保町だったおかげで、『風の道』という本をいただいた――と話した。

「うまくやったな」

「神様は見ていらっしゃるんだよ」

「そうかなあ」

美希は、『真珠夫人』という題が戦前は新鮮だったろう――と語り、

「『何とか夫人』っていう小説、ほかに何が浮かぶ?」

「海外物では、まず『ボヴァリー夫人』だな。日本なら『武蔵野夫人』」

「それそれ」

「何だ、一体」

「これから話すわよ。他には?」

「うーん。……『感傷夫人』」

「は?」

「伊藤整《いとうせい》だ」

「読んでるの？」

「読んでるんだなあ、これが。《マダーム・サンチマンタール》なんて台詞《せりふ》が出て来た」

センチメンタル奥さんだ。

「有名なの？」

「今じゃ、知ってる人もあんまりいないだろう。しかし、昔、テレビでやってた」

「ほ？」

「何十年も前になるが、NHKで銀河テレビ小説ってのをやってたんだ。つまり、朝ドラならぬ夜ドラだな。《感傷夫人》の旦那は、一年前に亡くなっている。その旦那がスキーがうまくてね、滑降して来ては、雪煙を立てて急停止する。ふわっと帽子を飛ばしては、手を伸ばして宙で受ける。今はいない人の得意わざだ。——それを画面で見せてくれた。思い出の中に飛ぶ帽子だなあ。確か、放送したのもスキーシーズンだった」

「お父さんが、いくつの頃？」

「……中学生だったかなあ」

「白黒だった？」

「さすがに、カラー放送になっていたよ」

中学生だった父親が、きりきりと寒い冬の夜、じっと観ていたブラウン管に舞うスキー帽。白い風景の中に点じられた色は、赤だったのか青だったのか。いずれにしても、雪景色の中で、鮮やかな南の鳥のように舞ったのだろう。

旧式のテレビの小さな画面と父が、遠くに見えるような気がする。

「印象的だわね。——それ見て、スキーに行く人と本を読む人がいるわけだ」

「人生の二筋道だな。——あの頃は、伊藤整を、よく読んだからなあ」

「他には？」

「『湘南夫人』なんてのもあったな。井上友一郎《いのうえともいちろう》かな。オペラなら『蝶々夫人』。——変わったところでは火野葦平《ひのあしへい》。自分の奥さんを《魔法夫人》と呼んでいたそうだ」

## 10

美希が、風呂を洗ったり、夕食の支度を手伝ったりしている内に、父は雑誌の対談と『風の道』を読んだ。

面白がっているかと思うと、上にあげた手を悠長な阿波踊りのように動かしながら、何かを思い出そうとしている。

側に行って、

「どうしたの？」

「いや、この題名を直した話、何だか、ひっかかるんだ」

「どこが？」

ちょっと待ってくれ、と書庫に向かう。持って来たのは、『大岡昇平・埴谷雄高《はにやゆたか》　二つの同時代史』という本だ。対談集だ。

「二人が、来し方について、話し合っている。どこを開いても読ませる。だが今は、――『武蔵野夫人』についてだ」

目次を開くと、「『武蔵野夫人』のころ」という章がある。大岡が、

「群像」の編集者の高橋さんが「武蔵野」って題はだめだ、独歩にあるからというんだ。


と語り、埴谷が応じる。

でも『武蔵野夫人』という題はよかったよ。


「『風の道』の通りじゃない」

「しかしなあ……」

と、釈然としない様子の父だ。台所から母が、

「カブ、若くて、肌が綺麗だわ。あやかりたいわね」

『真珠夫人』ならぬ《カブ夫人》。そこで母に、本の題名のことを話しているというと、

「あれは凄かったわね。『ゲゲゲの娘、レレレの娘、ららの娘』」

水木悦子《みずきえつこ》、赤塚《あかつか》りえ子、手塚《てづか》るみ子が、父親について語った本だ。朝日新聞に載った座談会を元に構成された。おかしな言い方だが、あっと驚く一目瞭然——という題だ。

「朝日の記者さん、あのタイトルが、夜中にベッドでひらめき、思わず飛び起きたそうだよ」

まさに、

——我、発見せり！

父に聞くと、

「題名で買った本ってある？」

「あるなあ。内田百閒《うちだひやっけん》の随筆集だ。——随筆集や短編集だと、中のひとつのタイトルを選んで、本の題名にしたりする」

「ええ」

「そのやり方が見事だった。福武文庫だったな。本屋で背表紙を見た時、やられた——と思った。中身を読んでいたって、こうされたら、また買うことになる」

気になる。父は勿論、気を持たせているわけだ。いい気持ちそうに、書庫に入って行

った。

美希が、ホットケーキの焼き上がりを待つ子のように、

――何だろう、何だろう？

と待っていると、やがて一冊の文庫本を持って戻って来た。

題名は、表紙にでかでかと――『間抜けの実在に関する文献』。

## 11

しばらくすると父から、この間の件で会いたい、というメールが来た。

――何だか、ひっかかる。

といっていたことが、解決したのだろうか。だとしたら、聞いてみたい。

仕事が入っていたが、日曜のイベントは午後。中野から、ＪＲ中央線で四駅の西荻窪で開かれる。そこで、お昼を一緒に食べればいい。古書店も多いところだから、父にも分かりやすいだろう。

駅に近い、古民家を改装したお店で落ち合うことにした。

予約を入れておいてよかった。当日、行くとお客が一杯だ。父とは、入口で出会えたが、案の定、今日も古本の袋を提げている。

「お昼は、むすび膳とにぎり野菜寿司膳。どっちにする？」

注文を終えると、父は早速、一冊の本を取り出した。講談社文芸文庫『成城だより』の下巻。大岡昇平が、『文學界』に書き継いだエッセイだ。

「これに、何か書いてあったような気がしたんだ。しかし、読み返してみると、あちらもこちらも面白い。探そうという気も忘れて、ただの読者になった。——そこで、ぶつかった」

美希に、付箋《ふせん》の付いたページを示す。しっとり落ち着いたお店の中で開いても、文庫本なので、調べ物をしているような違和感はない。

父は、手になじむ茶碗から、ゆっくりとお茶を啜っている。

《七月一日　月曜日　晴》と書かれている。

「日記体なんだ」

「うん」

《松本道子氏より電話あり。近著回想録『風の道』について、礼と弁解をかねたる手紙を出したるに関す》とある。『風の道』について、松本と大岡の間で、やり取りがあったのだ。

父は、

「——何しろ長いからなあ。問題のところを見つけるのは、浜辺で、落とした硬貨を探すようなものだ、と思ったよ。分かってみれば、『風の道』が出た昭和六十年七月辺りを見ればよかったわけだ」

まずは、『武蔵野夫人』の主人公が勉と道子だった件。松本はいう。自分の名前を使ったというのが通説だが、《偶然だと思います》。

大岡は書く。

問題は拙作『武蔵野夫人』の「勉」「道子」なる人物の名前を、当時「群像」編集部員たりし有木勉、松本道子ご両名と一致したのは小生のいたずらとの通説へのこだわりなり。「色々な作品解説にもよく出ますので」といわれる。ひたすら恐縮、「失礼しました。機会があったら釈明しときます」と約束す。

松本は《連載が始まる段階では大岡さんにお目にかかっていません》。一方、《勉》に関してはどうか。大岡はいう。有木の名刺は貰《もら》ったが《どっかへ行っちゃってい》た。そういうわけで《偶然の一致》。

いたずらにしても、失礼であり、私はわざとするほど悪趣味ではない。

面白い話というのは、《へえー、そうなんだ。聞いて聞いて》と広まるものだ。偶然の一致が必然の故意として、あちらこちらでいわれ、書かれたのも頷ける。松本道子は、火のないところの煙に水をかけたわけだ。

その松本が、書いているのだ。

大岡の小説の題が『武蔵野』では《少し地味だと思った編集長の高橋さんが、「夫人」を付けたらどうかと提言し、大岡さんも容れられて『武蔵野夫人』になったと聞いています》。

## 12

恋愛小説執筆を打診された時、大岡は『武蔵野』という題を提示した。しかし、それでは国木田独歩にある。難色を示された。そして、次の訪問の時『武蔵野夫人』と決まった。

その場にいたのは《高橋編集長と有木君》。大岡はいう。勉、道子の名前問題だけでなく、ここで《もう一つの通説を訂正しておく》と。

「夫人」の名は、高橋編集長が暗示して、それであの題名がきまった、との説である。

これは有木君がどこかに書いていた。高橋さんの手柄ともなるのでだまっていたが、題名はやはり作者が考えるものである。

　六月三十日付、ノートに「武蔵野夫人」とある。「武蔵野」とした図もあり、迷っているが、「武蔵野」は通らないな、との予感があって、「夫人」つきの別題でノートを作ったと見える。これは先般同名のポルノが出た時、特異な題名を著作権に加えることを試案として、文芸家協会に提出したことあり。『風の道』の好評を機に、他人につけて貰った題に特許申請まがいのことをするのか、と文句をいう手合が出て来るといけないので、訂正しておく。高橋さんはすでに故人である。

「《題名はやはり作者が考えるものである》。要するに、大岡昇平は、これがいいたかったんだなあ」

「勝手な俗説に、耐えられなくなったのね」そこで美希は、編集者として、ちょっとあせり、「――でも、あの対談が載った後、真実はこうだ、なんて指摘、どこからもなかったわよ」

「そりゃそうだ」

「ほ？」

　父は『小説文宝』を取り出し、

「原島先生の言葉は、間違っちゃいない。――《編集者が助言して『武蔵野夫人』となり》といってるだけだ。その題を、編集者が考えた、とはいっていない。大岡は、《助言》により、もうひとつの腹案を採用した」

「なるほど……」

「ただし、その前に《編集者の回顧録を読むと》とある。これは、迷い道への標識になりかねない。ま、そういう意味じゃあ、注釈が必要かも知れないな」

付けるとしたら、相当に長い注釈になるだろう。

「《高橋さんの手柄ともなるのでだまっていた》というのも、いかにも大岡らしい。しかし、その《通説》が新刊『風の道』の中にも書かれている。これが広まる。真実になってしまう――そう思うと、耐えられなかったんだろうな」

「いいたいこと、いわないとつらいよねえ」

父の前に、むすび膳が置かれた。魚の生醬油麴《きじょうゆこうじ》焼きに小鉢やら、おむすびやらが付いておいしそうだ。しかし、美希の前に、にぎり野菜寿司膳が置かれると、父の口元が物欲しそうになる。可愛らしい小さなお寿司が並んでいるのだ。

美希は、わざと、

「わあ。高菜に、うりの浅漬け、人参の柚子《ゆず》あえ、菊膾《きくなます》、それに、これは――根曲がり竹だって。ほおお、小さなタケノコだー。いいなー」

自然な彩りが美しい。

「う……」

美希は、父の顔を見やりつつ、

「他じゃ、食べられないだろうなー」

「うう……」

いいたいことをいわないと、体に悪い。

「替えてあげようか」

「……すまん」

本の題を替えるより、簡単だ。

## 13

父は、嬉しそうに高菜のお寿司を食べると、

「――ところで、大岡昇平は、こう続けている」

と、『成城だより』の次を指で示す。


当時夫人ものは、独歩「鎌倉夫人」ぐらいなものだった。（深田《ふかだ》久弥《きゅうや》が戦争中に中篇

で踏襲した）。「武蔵野市」はまだなく、武蔵野は地名ではなく、地域名であった。

「鎌倉夫人」は別荘人種としての身分の名であるが、「武蔵野夫人」は詩的な喩えである。そして夫人は元来天皇の側室（藤原夫人《ふじわらのぶにん》）、または諸侯の妻の呼称である。男爵夫人まではよいが、課長夫人は安売りである。題には使ったが、本文には一度も使っていない。


「大ベストセラー『真珠夫人』には、全く触れていない。通俗小説など眼中にない、ということだろう。――しかしね、お父さんの頭には、閃《ひらめ》いた」

「何が？」

「大岡が題名について、あれこれいうのも《同名のポルノが出た時、特異な題名を著作権に加えることを試案として、文芸家協会に提出したこと》があるからだ」

といって、油揚げの味噌汁を口に運ぶ。

「うん」

「……当時、『武蔵野夫人』というポルノが出たんだなあ。大岡にとっては、不愉快極まることだ。創作性のある題名には著作権があってしかるべき、と考えた。実は、それと同じ憤懣《ふんまん》を抱いた人が、戦前――半世紀以上も前にいたんだなあ」

「戦前？　え？　まさか……菊池寛」

「その通り。『雑感・雑記』という中に『小説の題』という文章を書いている。菊池は、――長編小説を書く時、いい題が出来ると、半分仕事が終わったようなものだ――という」

父は、コピーを一枚取り出し、渡してくれた。読む。

菊池は、自分の考えた小説の題名を、外国映画の題に流用されてしまったと嘆く。使われてしまうと、書く気がなくなる。外国ものだけではない。『東京行進曲』の例もある。報知新聞に書くつもりで、題名を知らせ、友人にもいい、新聞にも出た。するると先に、映画『東京行進曲』を作られてしまった。《題が駄目になるとテーマも駄目になる》。

シムフォニイの曲目から思いついた題であるから、向うもそれから思いついたと云えば、それまでだが、しかし、私が『東京行進曲』と云う長篇をかくと云うことは、映画関係者には一番知られていただけに、一寸向うを疑ってみたいような気にもなるのである。

しかし、題に著作権があるわけでなし、登録するわけにも行かず、それかと云って、先をこされぬため、題名だけでも発表しておくと、今度のように人に使われる心配があるし、一寸困ったことである。尤《もっと》も本質的に云えば、同じ題があってもいい作品をかいて、消し飛ばしてしまえば、それまでであるが、然《しか》し創作の気持はまた別で、そんなケチがつくと、一寸かきたくなくなるのだ。

――題名も創作だ。

意外なところで、『真珠夫人』の作者と『武蔵野夫人』の作者の思いが繫がっていた。

「――昭和二年の文章だ」

そういって、父は満足げに、根曲がり竹のお寿司に箸を伸ばした。

14

パーティの席上、原島先生とお会いした。父の話を伝えると目を丸くした。

「それはそれは……」

「『成城だより』は、読んでいらっしゃらなかったんですか」

「いや。勿論、読んでいた。しかしなあ。問題は順序、――『風の道』との後先だ」

「は？」

「『成城だより』の方は、出た時に読んだ。――題名は作者が考える、なんて、当たり前だ。『武蔵野夫人』というのは僕が考えた――といわれても、印象に残らないよ」

先生は、溜息をつき、

「――後から『風の道』を読んだ。名作の題名を考えたのは、実は作者ではなかったんだなあ」

――こっちの方が、はるかに面白い。白の上に赤を塗るように、こっちだけ記憶に残った。

脇を通り過ぎた編集者が、原島先生に挨拶した。先生の方は、心ここにないようだった。

「何かひっかかってはいたんだがなあ、……大岡先生がいらしたら、怒られるところだった。……うーん、クレームは来ていないんだね」

「大丈夫でしたよ」

慰めつつ、

――うちの父みたいな人は、そうはいないからなあ。

と思う。

その夜、父からメールが来た。


次のいずれかの題で新聞連載され、改題され単行本になると評判になり、推理作家協会賞を受賞した作はどれか、また改題後のタイトルは？

1、愛の一家
2、若草物語
3、飛ぶ教室

まるで、児童文学全集のようだ。

老化防止のため、大阪と神奈川にいる友人と三択問題の出しっこをしている父だった。大学時代の仲間と、今もやり取り出来るのは、嬉しく有り難いことだろう。

さて問題だが、全く分からない。とりあえず、
うーん、2番。四人の女で、桐野《きりの》夏生《なつお》先生の『ＯＵＴ』かなあ。

父からの返事は、こうだった。

いい答えだなあ。2番は合ってる。残念ながら、作品は大岡昇平の大ベストセラー『事件』。

大岡は、芸術院会員の話は断っても、推理作家協会賞は喜んで受けた。

『事件』という題を誰が考えたのかは分からない。しかしこの経過は、最初に先行作

のある『武蔵野』とし、次に『武蔵野夫人』と直したのと、似ているだろう。

——そうか、伏線があったのか。

と納得しつつ、ちょっぴり口惜しい美希だった。

# 古今亭志ん生の天衣無縫

# 1

文宝《ぶんぽう》出版の新人、文庫部に配属された大村亜由美《おおむらあゆみ》は、兄が野球部に入っていたそうだ。まことに都合がいい。

というわけは、書店の文宝文庫の棚でも名前が目立つ大御所、村山富美男《むらやまふみお》先生の担当になったからだ。多趣味な先生だが、何かを観たり聴いたりだけではない。やる方でも、Vサインのように指が二本上がる。ギターと、そして野球なのだ。

ギターは一人でも練習出来る。――厳密にいえば聴き手が必要だが、村山先生はプロ級の腕前。発表会さえやれば、人は大勢集まって来る。

野球は無理だ。観客はいいとしても、個人競技ではない。シャドーピッチングや素振りを繰り返しても、仲間がいなければむなしい。一人で投げて打って捕ることが出来るのは、マリナーズの宣伝映像のイチローぐらいだ。――いや、昔、そういうのがあったのですよ。本当。

そこで村山先生とそのコピーのような有志が、いい汗かこうと集まり、推理作家協会のソフトボール部、ミステリーズが出来た。時折、編集者のチーム、エディターズと試合をしている。

顔合わせの時、亜由美は早速、先生に聞かれた。

「野球、分かる?」

「はあ。小さい頃、……キャッチボールならしてました」

「ふむ?」

「兄がやってたんです、野球」

「おお。君は我らの希望の星だ」

エディターズの一員となるべく運命づけられた。

「兄が――ですよ」

「楽しかったんだろう? キャッチボール」

誘導尋問だ。亜由美の脳内に、兄と自分の間を行き交う白いボールが浮かぶ。

「ええ」

村山先生は、力強く頷き、

「それが一番。楽しいのが何よりだ。――じゃあ、後のことは田川《たがわ》さんが心得てるから」

というわけで、先輩編集者田川美希《みき》に身柄を託された。

都合がいいのは、相手チーム――というか、相手になってくれるチーム、エディターズの人員を確保したい先生にとってだが、おかげで新人が大作家と親しくなれる。亜由美にとっても好都合なのだ。

そのデビュー戦は、陽光きらめく五月だった。場所は、ミステリーズ、エディターズがいつも使っている青山の野球場。美希が連れて行った。先輩女子としてのアドバイスは、技術よりもまず日焼け止めのことなどだった。

美希が村山先生に、

「よろしく、お願いします」

という。先生は大きく頷き、新人のキャッチボールの相手を買って出る。

一球ごとに、

「いいよ、いいよ」

などと、気分を盛り上げてくれた。

勝ち負けが目的ではないから、打順にはこだわらない。守備につかない者も、全員、バッターボックスに立つ。

ミステリーズ先発投手は村山先生だ。

エディターズ大村亜由美の、記念すべき第一打席は三回。よいしょ、と投じられた山なりのボール目がけて、えいやっ、とバットを振る。

「当たった、当たった！　やったーっ！」

と喜びのあまり、その場でぴょんぴょん跳ぶ。亜由美、亜由美、何見て跳ねる。美希が叫んだ。

「大村ー、走るんだよーっ」

しかし、時すでに遅し。ボールは一塁に送られ、ヒットにはならなかった。

「ま、本日のユーモア賞だな」

と、村山先生。ラビット大村という称号を与えてくれた。知らない人が聞いたら、俊足の選手と思うだろう。

七月には村山先生のご希望で軟式野球の試合もやった。その打ち上げの席で、右手にビール左手にモツ煮込みの亜由美が、美希に囁《ささや》いた。

「……プロみたいな人がいるんですね」

春秋《しゅんじゅう》書店の手塚《てづか》だ。肩幅が広い。ラビット大村と違って本物の俊足巧打。さらに、本気で投げたらルール違反のような豪球投手だ。軟投派の村山先生とは対照的である。

野球の試合は汗だくながらにこなしたが、その後は外に立っているだけで干物になりそうな炎天が続いた。

そしてようやくスポーツの秋となったが、村山先生と、『小説文宝』の美希、百合原《ゆりはら》ゆかり、筏丈一郎《いかだじょういちろう》の面々、そして亜由美まで顔を揃える機会なら、球場以外でもあった。

## 2

十月。新宿のホールで、人気実力を兼ね備えた落語家さんの独演会があった。中の一席が、村山先生の時代小説を元にしたものだった。その短編が掲載されたのが『小説文宝』。というわけで、ご招待いただいた。おかげで美希達もずらりと、見やすい正面の席に並べた。

大村さんが、

「わたし、こういうところで、落語聴いたことないんです」

先生が、

「生は初めて?」

「いえ。学校に、落語の先生が来て話してくれました」

「落語の先生? ——落語家だな」学校寄席《よせ》だ。「——来たの誰だか、覚えてる?」

「いえ。……ココンテとか、何か、そんな人だったかも」

いたって、心もとない。古今亭《ここんてい》なのだろうが、南の島にいる人のようだ。

先生は、胸を張り、

「僕と落語の縁は、古くて深いんだよ。小学生の頃には、講堂の壇上で、堂々と一席、語ったことがある」

筏丈一郎が、目を見開き、

「武勇伝ですねえ」

「――我々の頃は、落語の先生、来てくれなかったからな。自前でやったんだ」

「なるほど」

「いやあ、見せたかったなあ。やんやの大喝采だったぞ。人生で、あれほど受けたことはない」

そういう先生の小説だけに、落語家さんの心をつかむものがあったのだろう。

最初に登場した二つ目さんが、軽く会場をなごませた。

お目当ての師匠は、一席目を地球温暖化の話から入った。夏があまりに暑いと、蚊もぐったりして人を刺す気になれない。血なんて、いけませんよ。こんな陽気にはもっとさっぱりしたもんじゃないと――てなもんで、炭酸水かなんか飲んで、涼しいとこで横になってる。気のきいた奴は、今頃から出て来る――などという。

そして、

「実は今朝方、蚊に刺されましてて、うちにいたのも、そういう奴かと思います。油断していましたから、足の裏を刺されました。かゆいったらない。口惜しいもんですから、ここで蚊の噺《はなし》をして元を取ろうって了見です。おつきあいください。

近頃ではどぶや水たまりが少なくなりまして、めっきり減りましたが、江戸時代は大変でした。――って、あたしもいたわけじゃありませんが、そうだったようで。特に本所。今でいえば隅田川の東側、吉良上野介《きらこうずけのすけ》さんのお屋敷のあったあの辺りは元々が一面の湿地で、じめじめしていた。ぼうふらが住みやすかった。そこで、蚊の名所としてあります。お古い川柳に、《蚊が蛍なら本所も宇治》。《ほんじょ》といわずに《ほんじょー》といった。《蚊が蛍なら本所も宇治》。ありがたくございません。《本所にもう蚊が出たが屋が出ない》。蚊の方は出て来たのに、蚊帳《かや》の方が質屋から出せない――そんなこともあったようで」

すっと噺に入った。おかみさんが、

「どうするんだよ。寝られやしないじゃないか」

蚊の攻撃の凄さを嘆く。質屋の方も心得ている。生活必需品だから困ればすぐ出しに来るだろう――と受け取ったわけだ。

煮え切らない亭主に、おかみさんは、

「こうなりゃ、横町のご隠居さんのところに行くしかないね」

「駄目だよお。またか――っていわれらあ。困るたんびに行ってんだから」

と、亭主。

「そこが、お前さん、《朝顔に釣瓶《つるべ》とられて》だよ」

「何だい、そりゃあ」

「昔、加賀の国に、お千代《ちよ》さんという俳句のうまい人がいたのさ」

「うん」

「偉い人が、評判を聞いてお千代さんをお呼び出しになった。《ほととぎす》という題で一句――と、いわれた。なかなか出来ない。一晩考えた。障子が、ほんのり明るくなり始める。そこで《ほとゝぎすく\とて明けにけり》」

「そんなの、俺だっていえらあ。《かゆいく\で明けにけり》」

「何だい、そりゃ」

「蚊に刺されたんだ」

「風流じゃないね。第一、五七五になってない」

「難しいんだな」

「いいからお聞き。――お嫁に行く時、作ったのが、《しぶかろかしらねど柿のはつちぎり》。その旦那さんが亡くなった。そこで、《起きてみつ寝てみつ蚊帳の広さかな》」

「《お千代さん広けりゃ俺が入ろうか》」

「よけいなこと、いうんじゃないよ。――ま、亭主がいなくても、蚊帳があるんなら羨ましいやね」

「やれやれ」

「子供が亡くなった時の《蜻蛉《とんぼ》つり今日はどこまで行つたやら》なんて、風呂屋の団扇《うちわ》にも書かれてるよ」

「そうかい」

「そのお千代さんの、一番有名な句が《朝顔に釣瓶とられてもらひ水》さ」

「何だい、そりゃ」

「朝、起きて水を汲もうと井戸に行ったんだ。ところが朝顔のつるは、伸びるのがはやい。一晩のうちに、井戸の釣瓶に巻き付いちまった。そこで、綺麗ーな花を咲かせている。水を汲もうと釣瓶を引っ張ったら、つるが切れちまう。朝顔が可哀想だ。だから、近所に水を貰《もら》いに行ったんだよ。いいだろう。ね、朝顔への情愛が出てるじゃないか」

「ふーん」

「ふーん、じゃないよ。からんで来るつるは切れないもんだ。ご隠居さんから見たら、お前さんが朝顔なんだよ」

「俺が？」

「そうさ。じゃれて来る犬は蹴飛ばせないだろう」

「ひでえなあ」

# 3

終わってから、先生を囲んで一席設けた。まずは、先生原作の噺のことになる。

「どうだった？」

と、亜由美の感想を聞く先生。

「原作通りにやるんだと思ってたから、びっくりしました。随分、変えちゃうんですね」

「朗読じゃないからな。ほとんど新作のようになってたろう。そこに演じる者の創作性があるわけだ」

「いつも、あんな具合なんですか」

と、美希。

「原作ものは、かなり忠実にやる場合もあるし、そうでない時もある。さまざまだな。

――僕は『加賀の千代』が面白かったな」

と、先生は水割りを口に運ぶ。

「《朝顔に釣瓶とられて》ですね」

「うん。聞いたことあるかい、あの句」

百合原ゆかりが、

「どこでとは、はっきりいえないんですけど、聞いたような気がします」

美希は、

「ＮＨＫの『にほんごであそぼ』でやってた……ような気がします」

「気がします、が並んだな。うん、それが大事だと思うんだ。あの人もこの人もいつの間にか目にし、耳に入れる。それが、皆の共通認識になる。そういうものがないと、文化がどんどん痩《や》せてしまう。——大村さんは？」

目をぱちくりさせ、

「初めて聞きました」

「まず、《釣瓶》が分からないんじゃないか。——井戸はどうかな？」

「井戸……。えーと、イメージとしては、苔《こけ》が生えてる。貞子《さだこ》の出て来るところですね」

「そっちか」

「出るのは水だよ」

と、ゆかり。

「それは知ってます」

「『トトロ』にポンプ式のが、出て来たじゃない。ガッタンガッタンって、取っ手を動かすやつ」

「ああ……」

「それで水が出て来るのが、近代的な井戸。昔は、桶《おけ》に紐というか縄というか、そういうのを付けて、下に落とす。そして、くいくい、くいくいと引っ張り上げた。――その桶が釣瓶」

リアルな腕の動かし方に、

「百合原さん、使ってたんですか？」

ゆかりは唇を突き上げ、大村さんを引っ掻く真似をする。

「使ってないにゃん、知識だにゃん」

村山先生が、

「上に滑車があって、そこに通した縄の両端に釣瓶を付けるのが、車井戸。水の入った方を上げると、空の釣瓶が下に落ちる。今度はそっちに水が入る」

「合理的ですね」

「横溝正史《よこみぞせいし》先生の名中編に『車井戸はなぜ軋《きし》る』というのがある。恐ろしい殺人事件のあった日に、車井戸の滑車の音がきりきりきりきりと響くんだなあ」

「うわあ」

亜由美が怖がっている一方、筏丈一郎は大きな体を揉むように揺らしている。

「どうしたい？」

「いえ……。《朝顔に》の句、何で読んだのか、ここまで」と、喉元を指さし「出かかってるんですけど……うまく、飛び出して来ないんです」

ゆかりが、

「読んだ？　だったら、——教科書とか？」

「そういうんじゃないんだよ」

「小説？」

「違うなあ」

「じゃあ、俳句の本」

「ますます遠い」

よく分からない。悶々《もんもん》としている筏を取り残して、話は進む。先生は、

「僕は落語で聴いた。ラジオ落語だ。これは、はっきりしてる」

「『加賀の千代』ですか」

「そうだろうな。ただ、元は確か、暮れの噺だった。大みそかの支払いに困って、金を借りに行くんだ。しかし、今日のを聴いてて、なるほどと思ったよ。《朝顔》が出て来るんだから、夏の噺でもいい。そこに蚊帳をくっつけたところが、手柄だと思う。——蚊帳は分かる？」

と、また大村さんに聞く。彼女が若い世代の代表になった形だ。

「使ったことはないけど、何となく分かります」

「今は、蚊も少なくなったし、家の密閉性も高くなった。電気蚊取りぐらいで寝られるようになった。昔はそうはいかない。猛獣みたいな蚊が出たんだ」

ガォーと吠えて、襲って来そうだ。

「本当ですか」

「ま、それは大袈裟にしても、群れをなしてるのを蚊柱なんていった。蚊帳がないと安眠出来なかった。そこから、古今亭志《し》ん生《しょう》――落語家の代名詞みたいな人のことになる」

ココンテーだ。

## 4

「亡くなって四十年以上経つのに、いまだに評価も人気もナンバーワンだ」

筏丈一郎が、大きな体を嬉しそうに揺らし、「あ。僕、志ん生ファンです」

「ほら。こういう人がいるだろう。――その志ん生が、貧乏暮らしをしていた時の、有名なエピソードにも蚊帳が出て来るな。ぼろぼろになったんで、新しいのが欲しくてたまらない。そこに、蚊帳売りの詐欺師が来たという……」

筏が、童顔をほころばせ、

「それ、テレビで観ましたよ」

「テレビ？」

「ええ。ＮＨＫが、懐かしの番組、再放送みたいなのでやったんです。志ん生を取り上げてました。志《し》ん朝《ちょう》や談志《だんし》も出て来るんですよ。何十年も前の番組だから、二人とも若い若い。びっくりしました」

「ほう」

「そこで、志ん生の戦前の暮らしを再現ドラマにしてたんです。確かに、詐欺師が蚊帳、売りに来ました」

「そりゃあ、いかにも《らしい》エピソードだからな。番組作る人だって、やりたくなるだろう」

録画したというので、美希は手をあげ、借りることにした。先生は続ける。

「蚊帳は暮らしと結び付いていたんだ。今日の落語の『加賀の千代』、ことを夏にして、蚊帳から始めたのはいいな。《起きてみつ寝てみつ蚊帳の広さかな》にも、すんなり繋《つな》がる。千代女《ちよじょ》の句として、昔は皆な、知っていたんだ。だから、《お千代さん広けりゃ俺が入ろうか》というくすぐりを聞いて、すぐに笑える。――これでか、別の噺でか忘れたけど、ほかの誰かもやってた。聴いたことがある」

美希は感じ入り、

「今まで隣に寝ていた人がいないんですね。うーん、蚊帳という空間の中だけに、寂しさがよく出ますねえ。ただの寝室とは違う」

先生は、にんまりと笑い、

「ところでこれ、実は、千代女の作じゃないんだ」

「ええー?」

突然、詐欺師が出て来たようだ。これには、揃って驚く。

5

「昔は、女流俳人といえば千代女——だったのさ。だからこの句も、その作にした方がいい——と思った人がいたんだな。実は、遊女の作った句らしい」

「そんなー」

遊女の句では、印象が全く違ってしまう。

「それだけじゃあない。《ほとゝぎす》も《しぶかろか》も違う。今日の噺に出て来た中で千代女の作は《朝顔に》だけだろう」

亜由美は、目の前で城が崩れるのを見るような顔になり、

「びっくりです」

「《起きてみつ》も《蜻蛉つり》も、昔は千代女の作として知られ、その名を日本中に

広めたものだ。そうしようと思った誰かさん達の、思惑通りになったわけだ。――今は研究が進んでるから、幽霊の正体見たり、といった感じで、事実が白日のもとにさらされてしまった」

「今日は……そんなこと知らずに話してたわけですか？」

と、亜由美が聞く。先生は、手を横に振り、

「そりゃ、あり得ない。プロだからな。確信犯だよ。朝顔の句だけでもすむところを、意識して膨《ふく》らませているんだ。――小説家が千代女を描こうとしたら、色々な肉付けをするだろう。本物の千代女とは別に、自分の《加賀の千代》を作る。そちらの方が、より印象深く読み手に迫って来る。そうでなかったら書く意味もない。――落語にしても、同じことだ。ひとつ前の世代までは、こういう噺を聞き、千代女像を皆なで共有して来た。《起きてみつ寝てみつ蚊帳の広さかな》――うーん、分かるなあ、と思って来たんだ。学問とは別に、そういう作られた歴史の豊かさもある」

「ははあ」

「日本のプロ野球草創期に、沢村栄治《さわむらえいじ》という豪球投手がいた。来日した大リーガーを撫《な》で斬りにした凄い選手だ。今も沢村賞に、その名を残している。沢村ぐらいになると、もうその姿を伝説の雲が包み出す。ピッチングマシンが出来た頃、彼を知る昔の選手に見てもらった。そして聞いた。――沢村はどれぐらい速い球を投げたんですか？」

「ほお」

「機械に投げさせてみると、こんなもんじゃなかった、というばかりだ。どんどん速くしていって、うん、まあこんなものかな、といった時には、到底、人間には投げられない、恐ろしい速さになっていた」

美希は頷き、

「……分かりますね、それ」

「だろう。事実を超えたそういう思いから、生き生きとした物語が作られる。それがなかったら、伝説の剣豪も、伝説の名投手も、伝説の名医も生まれない」

「あっ！」

と、筏丈一郎が叫んだ。

「どうした？」

筏は、身を乗り出し、

「そ、それですよ、――伝説の名医」

「何？」

「『ブラック・ジャック』ですよ。手塚治虫《てづかおさむ》の」

わけが分からない。皆ながが、きょとんとしていると筏はもどかしそうに手を振り、

「――朝顔の出どころです」

美希が、

「あの句のことですか」

「そうそう。《朝顔に釣瓶とられてもらひ水》。僕、それ、あの漫画で読みました」

これは意外だ。『ブラック・ジャック』と俳句では、およそ結び付かない。筏は続ける。

「町の小さな病院で、入院用の部屋が足りない。新しい患者が来ると、医者のお母さんが部屋をあけるんですよ」

「それが《釣瓶とられて》か」

「ええ。確か『もらい水』っていう題でした」

先生は、なるほどなるほど、という顔になり、

「文化の豊かさっていうのは、こういうもんだな。手塚治虫の世代には、口からすらりと出て来る俳句だったんだよ。だからこそ、物語の下敷きにもなる。そして勿論、この句なら、誰にでも分かってもらえるという了解感があったんだ」

ゆかりが頷き、

「『にほんごであそぼ』にしても、今日の落語にしても、そういうものがこぼれ落ちないように、大事にして行こう——ってことですね」

# 6

筏は生真面目なタイプなので、翌日、早速、問題の番組のＤＶＤを持って来てくれた。

「ありがとう」

「いやあ、志ん生の輪が広がるなら有り難い」

嬉々としている。ＤＶＤだけではなく、本も二冊持って来てくれた。

「こちらは？」

と聞くと、いかにもファンらしく、

「参考書。聞き書『びんぼう自慢』、立風書房版。昭和四十四年の本だね。それからこっちは文春文庫の『なんだか・おかしな・人たち』。『文藝春秋』に載った珍談奇談が集められてる。こっちには、昭和三十四年新年号の聞き書が入ってる。どっちにも、例の蚊帳の件が出て来るよ」

ご丁寧に付箋《ふせん》が貼ってある。そこが、問題の箇所なのだろう。エディターズの一員としても頼りになる筏だが、こういう時でもきちんとボールを受け止め、返してくれる。『びんぼう自慢』は一冊の本だが、文庫本『なんだか・おかしな・人たち』に収められた「酒と女と貧乏と」は十ページほど。仕事の移動の間に、読めた。

戦前のこと、志ん生一家は本所のナメクジ長屋に引っ越して来る。
――本所！
あの、蚊の名所だ。ほかに行く所もなかったのだ。
蚊柱が邪魔をする。しゃべろうとすると、何匹か口に飛び込んで来る。

蚊帳の中から外を見ると、何も見えない。蚊のやつは人間の血を吸いたくて仕様がないから、ウンウン云って、蚊帳のまわりを、ぎっしりと取り巻いている。まるっきり視界がきかない。うっかり厠《かわや》にでも立とうものなら、すぐ入られてしまう。また蚊帳が上等ではないから、子供がひっくりかえったりすると、ほころびてくる。すると、そこから蚊の決死隊が忍びこんでくるから、そういう穴を糸でしばって、ようやく持ちこたえているという有様でした。

向こうが見えないほどの蚊というのは、いくら何でも大袈裟ではないか。この聞き書をしたのが誰かは書いていない。文春の編集者なのだろうか。

ある日、私の留守に蚊帳売りがやってきたんです。女房はいい蚊帳が欲しくてたまらない。見ると、本麻の上物だ。十カ月払いで三十円、月に三円ずつ払ってくれればいいという。三十円とは割安だ。すると、すぐ買ってくれれば、十円でようございますよという口上だ。蚊帳は欲しいが、十円どころか三円もない。

どうしようかと、なんとなしに火鉢の引出しをあけると、そこに十円札がちゃんと入っているのです。有難いとばかりに、その十円を出すと、蚊帳売りはひったくるようにして受取るなり、蚊帳を置いて「ありがとうございます」と帰ってしまった。

やれ、嬉しやというところだが、この話に落ちがつく。

その十円札というのが、私が誰かから貰ったロシヤのルーブル紙幣なのです。その頃夜店などで三枚一銭くらいで売っていた、革命前の札です。それを女房は、十円がうずまいている頭で、はっと見たものだから、十円に見えちゃったのですね。これは随分得をしたようなものだが、さてその蚊帳をひろげてみると、蚊帳の切れっぱしを綴《と》じ合わせて、カンをつけてあるだけで天井もない。綴じをほどいたらバラバラです。つまり、向うもこういう悪いものを売りつけるひけ目があるから、十円札をよく見もしないで、しめたとばかり逃げて行ったわけです。あの野郎ふてえ野郎だと憤慨したのですが、考えて見ればこちらだってふてえ野郎で、これは両方ばかばかしい目を見る結果となりました。

守るも攻めるも――、といった感じだ。

――なるほど、これが《志ん生の蚊帳の話》か。

実に面白い。よく出来たコントになっている。起承転結の間から、戦前の庶民の、貧乏生活の哀歓が浮かび上がって来る。

# 7

会社に戻ったが、原稿待ちで時間が出来た。筏に借りたDVDを、パソコンで見てみる。『あの日　あのとき　あの番組』という題だ。まず、ビートたけしが出て来て、志ん生について語る。それから、一九八一年のNHK特集『びんぼう一代　五代目古今亭志ん生』が始まる。懐かしの番組だ。

若き日の立川《たてかわ》談志が案内役になる。小沢昭一《おざわしょういち》も登場し、高座で寝てしまった志ん生を見た、それが見事な芸になっていた――と語る。存在そのものが落語。それが志ん生だった。合間合間に、再現ドラマが入る。志ん生と連れ添うりんを演じるのは、その孫である池波志乃《いけなみしの》。

蚊に困っていると、唐草模様の風呂敷を抱えた男がやって来る。頭のカンカン帽が、昭和初期という時代を見せる。男は、蚊帳を買わないか、という。

——店で買ゃ、黙ってても三十円はする。今すぐなら十円に負けとくよ。

喉から手が出るほど欲しいけれど、金はない。ふと、長火鉢の引き出しを引くと、二枚の札。

——あ。二十円。どうしたんだろね。

一枚を渡す。テレビ版で十円札を二枚にしたわけは、すぐ分かる。男があわてて出て行った後、りんが残った一枚を見ると裏が白い。玩具《おもちゃ》のお札だった——となる。そのためなのだ。

とはいえ、大人が間違えるほどの玩具——というのも、ちょっとおかしい。十円札かと思ったら、ロシア革命で価値を失ったルーブル紙幣だった——そこに時代の色があり、値打ちがある。

しかしながら、再現ドラマは短い。話がくどくなるから、分かりやすく、玩具の札にしたのだろう。

運びは、志ん生の話と同じだ。

続けて後も見ていたら、ベレー帽を被った小島貞二《こじまていじ》という人が出て来て、志ん生について語っている。

——最近、見た名前だな。

と思って、筏から借りたもう一冊、『びんぼう自慢』を取り上げると、その聞き手だった。

「楽屋帖《あとがきにかえて》」というところを見ると、最初は『サンデー毎日』に載せた五回連載。それが膨らんで昭和三十九年、一冊にまとまり、この昭和四十四年版は大幅に書き直されたものだという。

それでは、この本の《蚊帳事件》は——と見ると、当然のことながら大筋は同じ。ただ、やって来た詐欺師が二人連れになっている。そして『文藝春秋』版で、志ん生が《誰かから貰った》ことになっているループル紙幣が、《夜店で一枚五厘《りん》かなんかで売っていたのを、子供のおもちゃにでもなるだろうてんで、二、三枚買って、そこへ入れといたんですよ》となっている。この方がリアルだ。

どちらも、志ん生が昭和三十年代に話した思い出だ。

8

数日後、丸の内の大型書店でイベントがあった。美希の担当している先生のトークがあるので、顔出しをする。

その前に店の棚を見た。今、どんな本が動いているかは、常に知っておかねばならない。

追っかけていた名前だから小学館文庫の棚にある、一際厚《ひときわあつ》い『志ん生一代』という背表紙の文字が目に飛び込んで来た。練達の書き手、結城昌治《ゆうきしょうじ》の作。元は、昭和五十年代に出た本だ。

『びんぼう自慢』に記された《事件》が、きっと結城昌治の筆で、くっきりと描き出されていることだろう。

そう思って買った。

問題の場面に行き当たったのは、深夜、ベッドに寝転がろうかという頃だった。

志ん生の名は、まだ甚語楼《じんごろう》だった。『びんぼう自慢』では、ただ外に出ていた――といっている。結城は、
ある日甚語楼が銭湯から戻ると、擦れ違いに二人づれの男が出ていった。あまり人相のいい男たちではなかった。

――なるほど、小説として書くとこうなるのか。

と思う。

りんは、引き出しの十円札で蚊帳を買ったという。

「おい――、あの札を渡したのか」

「いけなかったのかい」

「札をよく見たのか」

「見たつもりだけどね」

札はルーブル紙幣、売り付けられたのは蚊帳の切れ端を畳んだものだった。

「おもしろいわ」

りんはおかしそうに笑い、甚語楼もおかしくてたまらなかった。

聞き書という材料が、一方ではテレビの再現ドラマになり、また一方では小説へと料理される。その様子が、興味深かった。

## 9

十一月になり、さすがに朝夕が寒くなる頃、美希は、久しぶりに中野の実家に顔を出した。

土曜の夕方である。

ささやかな家庭菜園も、あらかたその時期が終わったようだ。

台所の椅子に座っていると、父が、

「冬は、これだ」

そういって、収穫したばかりの白菜を見せてくれた。

「おお。迫力」

素人が育てたにしては、元気そうだ。

「——洗ひ上げ白菜も妻もかがやけり」

「自分で洗ったんでしょう？」

「それはそうだが、歳時記に出ていた。能村登四郎《のむらとしろう》の句だ。——取れたての白菜に、味噌をつけて食べると何ともいえないぞ。味噌の塩気と、白菜のほんのりした甘みがマッチする。ビールのおつまみに最適だ」

想像するだけでも、おいしそうだ。瑞々《みずみず》しい白菜の、シャキシャキとした感触が口の中に広がる。

「お父さんは駄目よ」

「ノンアルコール・ビールにするよ」

父は、無念そうにいいながら、肩の辺りに手をやっている。

「どうかしたの」

「うん。しばらく前から痛むんだ。原因が分からなかったんだが、昨日、水のボトル二十四本入りの段ボール箱に手をかけて、あっ、と思った」

「はあ？」

「お客さんが来たんで、玄関に置いてあった箱三つ、見えないところまで運んだんだ。その時は、何でもなかった」

「なるほどね」

年をとると、後から痛み出すという。

「元に戻そうとしたところで、気づいたよ。ああ、このせいか――と謎が解けた」

「答えが、目の前に出て来たわけね」

「うん。――そんなことが、もうひとつあった。面白いから、本を出しておいた」

と、文春文庫の『たのしい話いい話1』を見せる。

「――この中に、荻昌弘《おぎまさひろ》の『七十二歳のライセンス』という文章がある。その出だしを読んでごらん」

こう書かれていた。

昭和十一年八月一日、ベルリンでオリンピックの開会式が行われた日、競技場を埋めた十余万の観衆と各国数千の選手・役員の頭上を、ドイツの誇る飛行船ヒンデンブルグが悠々と旋回した、――と多くの記事にある。ところが、当時これに参加した選手などでも、「いや、ぜったい、飛行船など飛ばなかった」という人もあって、――わずか四十一年前、それも何十万という瞳が目撃したはずのできごとでも、事実の細部はじつにアヤフヤになるものだ、という〝事実〟を、私に教えてくれる。


「――ベルリン・オリンピックの記録映画として有名なのが『民族の祭典』。監督がレニ・リーフェンシュタール。映画史に残る作だ。当時の日本では、歌舞伎座で試写会をやり、各地の上映には小学生中学生も動員された。大評判になり、大勢が観た」

「聞いたことあるよ」

「荻さんによれば、《開会式シーンには雄大な上空からの俯瞰《ふかん》遠景画面もある》。空からでなければ撮れない」

「うん」

「《果して飛行船は飛んだのか》と思った荻さんは戦後、直接、リーフェンシュタール女史に聞いたそうだ」

「へええ。一体全体、いつ聞けたんだろう？」

「そう思うだろう。これによれば、——一九七七年だ」

父は、厚い文庫本を取り出す。魔法使いのような手際に、ちょっと引きながら、

「な、何、それ」

こちらも文春文庫だ。『回想　20世紀最大のメモワール』。下巻である。きりりとした女性の顔が表紙になっている。

「リーフェンシュタールの回顧録だ。これによると、その年、日本のテレビがベルリン・オリンピックの特別番組を企画した。来日を快諾した彼女に、荻さんがインタビューしている」

「その時に、飛行船の話題が出たのね」

「そうとしか思えないな。で、リーフェンシュタール曰《いわ》く——開会式の時は、上を見るどころじゃなかった」

「忙しくて？」

「用意したカメラは十六台。トーキーカメラは、ただ一台。彼女はそれで、斜め下からヒトラーを狙っていた。開会宣言の画像と声を一緒に録ろうとしていた。——ところが、邪魔した奴がいる」

「えー、誰？」

「宣伝相のヨーゼフ・ゲッベルスだ。いつの世にも、うるさい奴はいるもんだ。リーフ

エンシュタールは開会式の間中、カメラに抱きつき守るのに必死で、ほかがどうなっているか、全く見ていなかったそうだ」

「そんな戦いがあったのね」

父は、先程の『回想』と双子のようなもう一冊を取り出す。

「こっちが上巻」

どちらも、リーフェンシュタールの美貌で飾られているのだが、こちらの方が表情がきびしい。

「回想録は、荻さんを通した又聞きじゃない。だから、より細かく書かれている。こちらでは録音出来るカメラは二台。貴賓席の手摺りに縛り付けたが、ゲッベルスの指示で、はずされそうになる。泣きながら、死守しようとするリーフェンシュタール。そこにやって来たのが、白の制服を着たヘルマン・ゲーリング元帥。カメラはその席の横で、視界をさえぎる形になっていた。罵《ののし》る宣伝相に片手を上げ、元帥はいった。《さあて、お嬢さん、泣くのはやめなさい。この場所に私のお腹も収まりますよ》」

開会式直前、そんなやり取りがあったのだ。「空からの撮影には、自由気球、係留気球、飛行機を使ったといっている。小型カメラをつけた気球を飛ばし、新聞に《発見者には謝礼を差し上げます》という広告を出した。全部、戻って来たそうだ」

「飛行船から撮ったんじゃあないんだ」

「うん。少なくとも、撮影用には飛ばなかったようだ。だとしたら、どうして巨体を誇るヒンデンブルグ号とオリンピックが結び付くのか。――しばらく前の日曜日、答えに出会ったよ」

## 10

どういうことだろう。

「NHKでベルリン・オリンピックの映像を流したんだ。リーフェンシュタールの映画が映る。すると、聖火やヒトラーの開会宣言の間に、飛行船がまさに《悠々と》飛んでいるカットが挟まっていた」

「へええ」

「尾翼にはナチスの旗が描かれていた。――この映画は、あちらこちらカットされたバージョンがDVDになってもいる。元は二時間だというから、少なくとも十分は削られている。お父さんの持っているやつでも、図書館から借りて来たのでも、飛行船は見られない。しかしNHKのは、前後と画質が同じなんだ。鮮明だ。完全版から編集したように思える。――だとしたら、日本人の多くが映画館で観たベルリン・オリンピック開会式の空には、飛行船が飛んでいたことになる」

「……それなら、よく分かる。開会式に行った人なら、余計、熱心に映画を観たでしょう。そうなったら、記憶の中に飛行船が刷り込まれる」

「そういうことじゃないかな。リーフェンシュタールは事実の記録より、映画としての完成度を重んじた人だ。荻さんは、こういっている」


有名な話だが、感動的な棒高跳の夜間決勝シーンも、当夜充分に撮影できなかった、という理由で、翌日あらためて選手たちに跳び直してもらった〝ヤラセ〟演出だった。女子高飛込みの山本選手にきいた話では、レニは同選手の飛込みから水面浮上までを一ショットに収めたい、といいだし、(山本選手の落下点が遠すぎて)それが不可能だ、とわかると、山本の姉さんを連れてこさせ、妹を飛びこませて姉を浮上させるという〝スリカエ〟までおこなって、執念の「一ショット」撮影をやってのけた。


「凄いなあ」

「棒高跳びの撮影、『回想』によれば、日本の選手は快諾したが、アメリカの選手はダンスホールにいたのを引きずって来たそうだ。やっているうちに真剣勝負になり、素晴らしいシーンが撮れた」

「そういう人なら、開会式に、悠々たる飛行船のカットを入れても不思議じゃないね。

上への広がりが出る」

「難点はひとつ。リーフェンシュタールが『民族の祭典』の編集をしている間に、ヒンデンブルグ号が有名な事故を起こし、炎上してしまったことだ」

「おやまあ」

「縁起の悪いものを入れるかな——とも思えるし、雄姿をとどめよう——としたかも知れない。仮に『民族の祭典』になくとも、当時のニュース映画にはよく出て来たヒンデンブルグ号だ。ベルリン・オリンピックとそれが、人々の頭の中で合成された可能性なら、大いにあると思う」

「そしてお父さんは、テレビ画面で、飛んでる飛行船と出会ったわけだ」

同じ画面の視聴者なら日本中にどれだけいるか分からない。しかし、

——あっ！

と声をあげたのは、美希の父だけだろう。そこで美希は、ビールのグラスに目を落とし、「そのテレビって、志ん生の役をビートたけしがやってるドラマじゃない？」

「ああ。そうだよ」

美希は、志ん生の《蚊帳事件》の話をした。すると父は、見る間に嬉しそうな顔になった。

「演劇評論家の矢野《やの》誠一《せいいち》という人がいる」

「はあ」

「その本にも」と、まさに今、美希が手にしている『たのしい話いい話1』を指し「書いている」

なるほど「勲章の出前」という文章がある。「その、ここを見てごらん」

小沢昭一や桂米朝《かつらべいちょう》の師匠でもあった異色の作家正岡容《まさおかいるる》は、永井荷風《ながいかふう》に心酔していた。昭和二十二年の元旦、市川の永井家に年賀に行ったときの様子を、「荷風先生ことのほかお喜び……」と、手の舞い足の踏むところを知らぬ調子で日記に書きつけている。

「──正岡容というのは、寄席と繋がりが深かった人だ。さて、後にこう続く」

ところが同日の『断腸亭日乗』には、ただ、「正岡容来る。うるさきことなり」とあるだけ……。以上がしばしば耳にしたゴシップである。

「相手にされてないわけね」

「正岡の奴、荷風先生のお気に入りのような顔してるが、実は──というわけだ」

「可哀想だね」

「しかし、これは《しばしば耳にしたゴシップ》だとなっているだろう」

「あ……」

「普通は皆な、アハハと笑っておしまいにする。ところが矢野誠一は、何か感ずるところがあったのだろう。——調べてみた。すると……」


正岡容の日記は、「永井荷風先生へ御年賀、昨夕成りし小著随筆集『百花園』呈上す。痢を病まれし由にて御臥床《がしょう》なりしも頗《すこぶ》るお元気、年頭の御挨拶申上げて辞去。かへりて雑煮一酌」とあり、『断腸亭日乗』のほうは、「陰、早朝腹痛下痢二行午前正岡容氏来話午後小西氏の邸に至る夜去年の日記を閲読す窓外雨声あり」と記されていて、これではゴシップにもなにもなりはしない。


「うわあ」

「ただ、行った、来た、というだけだ。世間というのは恐ろしい。こうだったら面白い——という風に話を作って行く。人から人へ伝わって行くうちに、尾鰭《おひれ》がつく。それが《実話》になってしまう。伝えて行く人達に悪気はない。信じ込んでしゃべる。仮に飛行船が飛んでいなかったとしても、この目で見たんだ——と思う」

加賀の千代伝説もそうだ。こうだった方が面白いという、何人もの作者がいて《物語》を作り上げて行く。

「歴史上のスター達の、いかにもそれらしい逸話も、そんなものが多いんだろうな。豊臣秀吉がどうしたとか、石田三成がどうしたとか」

人物像を動かす尾鰭がなくなったら、生き生きとした人間らしさが、たちまち奪われてしまう。

## 11

「さて、そこで——だ。ミコは、古今亭志ん生をどんな人だと思ってる？」

「えっ……」

今まで見た、読んだものを、あわただしくまとめてみる。

「……天衣無縫の……天才」

「まあそれが、志ん生に貼られた普通のレッテルだろうな。お父さんが聴いた頃には、もうこの世にいなかった。そして、志ん生伝説が溢れていた」

「あの……高座で寝ちゃった、とか」

「そうだなあ。ぞろっぺえ、なんて言葉も、よくいわれてた」

「ぞろっぺえ……」

「だらしがない、いい加減、といった意味だな。実生活では、あれやこれやがあって、人を困らせたようだ」

「自由に生きたんだ」

父は、頷き、

「お父さんの、落語の指南役になってくれた人は、まずは二人の巨人、桂文楽《かつらぶんらく》と古今亭志ん生を聴けといった。文楽は杜甫《とほ》で、志ん生は李白《りはく》だといったな」

「何だかよく分からない」

「まあ。ジャンルが栄える時は、同時代に対照的な天才が出るということだ。八代目桂文楽は黒門町《くろもんちょう》の師匠といわれ、一言一句をゆるがせにしない名人。緻密《ちみつ》極まる芸風だった。――これに対して、志ん生は飄々《ひょうひょう》として、まさに自由な感じがする」

「うん」

「ところが、こんなことがあった。お父さんは、文楽十八番のひとつ『つるつる』の録音を聴いていた。幇間《ほうかん》――というと、宴席で客の機嫌をとる仕事だ。その一八《いっぱち》が、一杯酒を飲むごとに旦那から金をもらえることになる。次々と飲まされて行く。そこで、お父さんは思った。――お釣りを取るわけにはいかない。一杯ごとに金をやるんじゃ、細かいのがなくならないか……」

「色んなこと考えるのね」

「お父さんは心配性だからな。ところが、その後、同じ噺を志ん生で聴いて、あっ、といってしまった。一八がこういったんだ。《よく、こういう細かいの持ってんね。え、前からこしらえといたんじゃないの》」

「うわあ」

「心の中を覗かれたみたいで、びっくりした。聴き手の考えることを先回りして、穴をふさぐ。——何て緻密な人なんだろう、と舌を巻いた」

「自由奔放やぞろっぺえとは、正反対だね」

「うん。志ん生の全集も買って、よく聴いた。中に『大工調べ』という名作があった。大工の与太郎が店賃《たなちん》のかたに、商売道具を取られてしまう。その掛け合いの噺だ。ちょっとした食い違いからことがこじれて行く様子が、見事に描かれている。どこで、どういう言葉が出て来るかが頭に入った。聴かせ所はこじれた場面での啖呵《たんか》だ。勢いのいい言葉が飛び出す。全集の録音は、ここで終わっていた。——噺としては、喧嘩場から裁判に繫がる。そこまでやってる音もある」

「ロングバージョンね」

「そっちを聴いて驚いた。与太郎がいわれるんだ。《おふくろはどうしたんだい。何？どっか用足しに出掛けた？》。聴いたことのないひと言だ。——裁判の場まで行って、うなった。与太郎は親孝行だというのが、お裁きのポイントになる」

「与太郎には、母親がいるんだ」

「そうなんだ。そのために、登場しない《おふくろ》の姿をひと筆、描き加えた。驚くべき緻密さだ」

「天衣無縫と見えて、計算のない人じゃない——と、こういうわけね」

「ああ」

「それが、……蚊帳の話に繋がるの？」

父は、にんまりと笑い、

「実は、この件については、昔、調べたことがあるんだ。資料を出して来るから、ビールでも飲んで待っててくれ」

母が、イカの煮物とチーズまで出してくれた。コップには、ビールの泡がきめ細かく立つ。

——極楽だな、こりゃ。

## 12

父はまず、『魔術の女王一代記』という本を取り出した。かのう書房というところから出ている。初代松旭斎天勝《しょうきょくさいてんかつ》の伝記だ。

「天勝といえば、明治大正昭和の奇術界で圧倒的人気を博した女性だ。その師匠が松旭斎天一《てんいち》。伝説的なエピソードが数多く残されている」

ある晩閉場間際に激しいにわか雨が降り出して来て満員の観客が途方にくれていると、「どうぞこれをお持ちください」と傘を一本ずつ渡された、観客一同は大喜びでそれをさして帰途についたが、しばらく歩いてふと空を見上げると、雨どころではなくて星が降るようだったので、ひょいとさしている傘を見直すと、ナンとそれはすすきの穂であった！

「天一、凄ーい」
「だろう？　後にこう続く」

――という逸話はずいぶん有名ですので、先生に訊ねてみましたら、「本当にそんなことができたらこんな厄介な奇術師の足を洗うよ！」と笑っておられましたが、おかげで私も霊能力を持っているといわれ、巡業の先々で病気治しを頼まれて閉口したものでございます。

「なるほどね」

「しかし、こういうエピソードの衣装をまとってこそ、松旭斎天一は松旭斎天一になる。愛弟子天勝に向かっては真相を語った。だが、普通の人が聞いたら、ただ神秘的に笑ったんじゃないか。——いや、そうすべきだ。それも立派に、芸のうちなんだ」

と、いいながら、次に何冊かの古めかしい雑誌を見せる。表紙には碁盤の線のような格子が黒と赤で引かれ、大きく赤く『探偵文学』と書かれている。薄い雑誌だ。

「戦前、『シュピオ』という探偵小説専門誌があった。その前身だ」

「わ。……珍しいんじゃないの、これ」

「うん。とてもとても珍しい。持ってる人は、まずいないだろう」

「自慢だね」

父は嬉しそうに鼻を動かして、一冊を示し、「この十月号が、小栗虫太郎《おぐりむしたろう》の特集。大《お》阪圭吉《さかけいきち》が虫太郎と初めて会った時のことを書いている。ミステリ・マニアにはたまらない。孔子と老子の会見のようだ」

「ふうん」

大阪圭吉というのは、その道の人には有名なのだろう。

——大坂なおみなら、知ってるけど。

と、白菜をかじる美希であった。

「どうだ?」

これは、白菜のことらしい。

「おいしいよ」

父は頷き、

「さて、その昭和十年の創刊号に、荻一之介《おぎかずのすけ》という人が『探偵小説と事実』というエッセイを書いている。小説と同じような事件が実際に起こっているといい、例を幾つかあげている。その中に、昭和八年七月十九日東京朝日の記事が引かれている。あんまり面白いんで、元の朝日の記事にも当たった。コピーがあるよ」


十八日午後二時頃四谷區左門町一一八自動車運輸業石崎玉吉方へ近江本場の蚊帳商人と稱《しょう》する行商人が來《き》て十五圓《えん》の正札付の蚊帳を六圓五十錢《せん》といふので細君やすさんはこれは安いとばかり「二十圓札ですが」と茶だんすのひきだしから札をだし與《あた》へた。件《くだん》の商人逃げる様《よう》に十三圓五十錢の釣錢を差だし蚊帳をおいて立去つた。程經《ほどへ》て歸宅《きたく》した主人の玉吉さん蚊帳を買つた報告を受け「いつたい二十圓札なんてどこにあつた、冗談ではない茶ダンスのひきだしのはルーブル紙幣だぜ」といふ譯《わけ》。やすさんも「ちつとも氣づかなかつたわ、今頃あの商人隨分あわてゝるでせうね」と急に氣の毒がりながらその蚊帳を釣つてみたところ天井がなかつた。まるで落し話だがルーブル紙幣一枚がたとひ天井がないとはいへ蚊帳一張と現金十三圓五十錢に化すとはとんだ實《み》のあるナンセンス。

## 13

美希は白菜を持った手を宙で止め、

「何、これ」

「関西人なら、――まんまやんけ、というところだ。あんまり面白いから、小説にした人もいたようだ。評判になったんだなあ」

「うーん」

「どうだ、四谷の石崎さんのうちと本所の志ん生のうちで、同じことが起こった――と思うか?」

美希は、首を横に振った。いくら何でも無理だ。

「――リーフェンシュタールは、棒高跳びの真実を伝えるため、翌日、映像を撮り直した。『民族の祭典』にそれを組み込んだ。古今亭志ん生もまた、自分達の生活をより如実に、そしてより面白く伝えるために、このエピソードを使ったんだ」

美希は、コピーを見直し、

「……ちょっと待って。……十円札じゃないの？　二十円札なんてあったの」

「さすがは、お父さんの子だ。同じ疑問を持ったな。――そこで、これを見ろ」

今度は、『お札のはなし　その歴史、肖像と技術』という本が出て来る。

「植村峻《うえむらたかし》著、財団法人印刷朝陽会というところが出した」

美希は、呆れ果て、

「何で、こんなのまで持ってるの」

「本というのは、いつか何かの役に立つだろう――と思って、ふと買うんだ。ここに、こうある」


「2」の単位のお札は、戦後は発行されていませんでしたが、平成12年（2000年）7月19日に「守礼門」を描いた「D弐千円券」が、戦後初めて発行されました。（中略）しかし、日本でも戦前には「2」の単位のお札が比較的多く発行されていました。


その下に、戦前の二十円札が色刷りで出ている。

「この感じが、ルーブル紙幣に似てたんだろうな。しかし、志ん生は緻密だ。そのまま《二十円札》でしゃべったら、戦後の人間には抵抗がある。だから、十円札に替えたんだろう」

「うわー」

尊敬してしまう。

「物語に、昔のどういう要素を入れれば、ことが生き生きとするか。時代小説家なら普通にやる。——古今亭志ん生にとっては、自分の人生もまた作品だった。天衣無縫に生きる自分を、冷静に見る目を失わなかった。——酒好きなのは間違いないが、立川談志がちらりと《いうほど飲めなかったと思うな》といっていた。近くにいて、ふとそう思うのは、分かる気がする。三遊亭圓生《さんゆうていえんしょう》も、志ん生は《ぞろっぺえのように見えて、芯はまとも》といったなあ」

「ふうん」

「思えば、ひとかどの人物には、《自分》になろうとしてなるところがある。他人の真似をするのとは違う。——結城昌治は、志ん生伝を書く時、いろいろと調べた。そうすると、自分では、まず伝説的名人 橘家圓喬《たちばなやえんきょう》の弟子になった——と、こと細かにいっていたのが、事実ではないと分かった。志ん生にとって、あるべき落語家人生のスタートとは、圓喬の弟子になることだったんだな。それこそが、彼にとっての《真実》だ。事実なんか、真実に比べたら、はるかに下にある」

歴史上の人物のエピソードの多くも、そういう意味での《真実》なのだろう。

美希は黙って、イカの煮物を口に運ぶ。

「……」

「――お父さんは、この蚊帳のことを知った時、たまらなく嬉しかった。単純な《嘘》とは違う。囲碁でいうなら、置かれるべき布石なんだ。自分の人生は、自分で作る。志ん生の、そういう凄さを、ひしひしと感じた」

とにかく、志ん生がただ者ではないとよく分かった。

――今度、聴いてみよう。

と心に決めたが、とりあえずビールを飲み、取れたての白菜をかじり、またビールを飲み、チーズにも手を伸ばしているうちに、ふんわりといい気分になり、忘れてしまった。

## 14

十二月発売の新年号の準備などで、何かと忙しい。ソフトボールの方は文宝出版の女子代表としては、大村亜由美が行ってくれる。

――まあ、まかせればいいか。

と、仕事の方をとった。職業人としては当然だが、翌日、亜由美にいわれた。

「先輩。手塚さんが、可哀想でしたよ」

「ほ？」

「《今日は、田川さん来ないの？》って、聞かれちゃったんですう。目が——捨てられた子犬みたいでしたよ」

唇を曲げ、

——何を馬鹿な。

と、笑う美希だった。

注　今回、中心となる志ん生の件は、以前、『詩歌の待ち伏せ』中で触れた。その後、知ったことが多くあり、こういう形にまとめることにした。

# 小津安二郎の義理人情

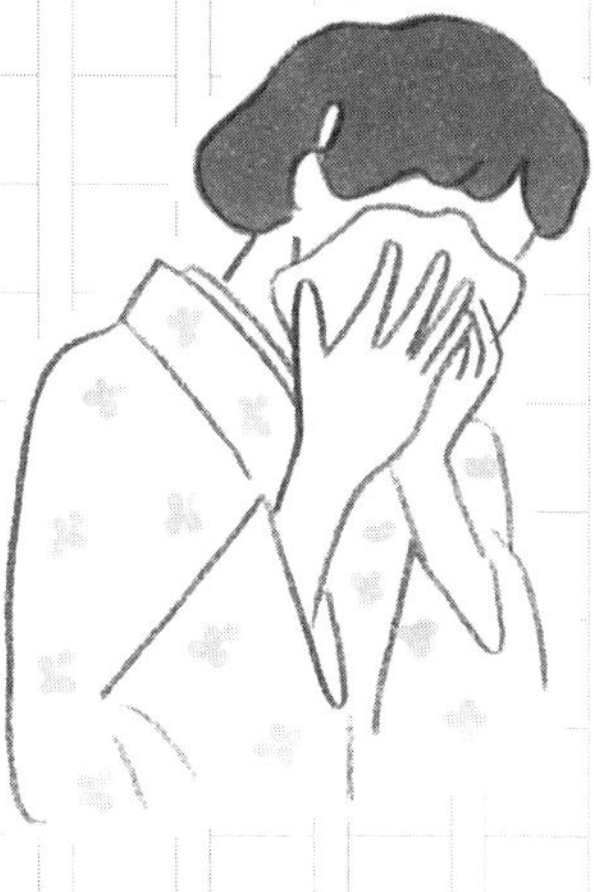

# 1

村山富美男《むらやまふみお》先生は、只今、『小説文宝《ぶんぽう》』に堂々たる傑作長編を連載中。田川美希《たがわみき》が、その担当だ。

文宝出版にとっても日本出版界にとっても大事な、その村山先生がこの秋、一軒家からマンションにお引っ越しになった。お子さんが揃って独り立ちなさったのを機に、ご夫婦で、何かと便利な都心に移られた。

ネット環境の整った現代ではあるが、そこはそれ、顔を合わせて話さないと通じないこともある。美希にとっても、カムチャッカ辺りに引っ越されるよりは、ずっといい。

先生は、この機会にいわゆる断捨離《だんしやり》をなさり、身を軽くした。とはいえ、縦には現代物から時代小説まで、横には日本から海外までを舞台にし、行くところ可ならざるはなき先生だ。当然のことながら、捨てられない資料も数多い。そのための書庫も、マンションに確保なさっている。

引っ越しの荷物の中でも厄介なのが、その本だ。紙は重い。業者が、書庫の入口まで運んでくれても、そこから先の運搬で腰を痛めそうだ。

無論、その他の荷物もある。大物もある。

「先生、お手伝いさせてくださいっ」

と、晩秋の空のもと、ミットをこぶしで打ちながら叫んだのが、文宝出版の筏丈一郎《いかだじょういちろう》。

なぜ、ミットをしていたかというと、その時、キャッチャーだったから。キャッチャーが素手で座ったら、ミットもない――といわれる。

村山先生率いる作家チーム、ミステリーズと、編集者のエディターズで、ソフトボールの試合をしている途中だった。

村山先生の趣味が、西部劇とギターとソフトボールなのだ。

筏は体格がいい。人柄もいい。

「あ、そう。じゃあ、頼んじゃおうかな」

という大御所の、最も好きなコースに、

――挨拶代わりです。

とばかりに投げて来たピッチャーが、春秋書店《しゅんじゅう》の手塚勇一《てづかゆういち》。秋の異動で、児童書から文芸に移って来た男だ。

村山先生は、素直に投じられた直球のサービスに、

「悪いね」

と、バット一閃《いっせん》。会心のヒットを放った。手塚は、高校時代、野球部にいて、県でも評判の投手だった。肩幅の広い、いい体をしている。

手塚と筏の、頼りになるバッテリーが、揃って手伝いを志願した。

「力仕事なら、おまかせください」

というわけだ。

ソフトボール愛好会のマネージャー役、田川美希も、細々《こまごま》としたお手伝いに、出掛けて行った。

2

新居の暮らしも、ようやく落ち着いた年末、先生から三人に、年忘れを兼ね、慰労会のお誘いがあった。

「いや。もっと早くと思ったんだがね、この年でやる引っ越しは、意外と身にこたえるもんだ。右のものを左に動かし、左のものを右に動かしてると、沼に引きずりこまれる

ようになる。疲労の水位がじわじわ上がって来て、沈みそうになる」

実感があった。溺れなくてよかった。

美希はいう。

「先生。奥様も心身お疲れでしょう。新しい年に向け、わたしがおせちを作って持って行っても、よろしいでしょうか」

「それって、あの……おせち料理？」

ほかにおせちがあるだろうか。

「年の初めのご負担が、少しでも減ればと思いまして」

「そりゃ、ありがたいけど……」

と、先生は短い髭《ひげ》の伸びた顎《あご》を撫《な》でた。

「先生。もしかして、わたしと料理が結び付かないとでも」

「うーん。そんなわけじゃあ……」

もう冬である。いってみれば農閑期。ソフトボールの試合も、しばらくはない。ここは、別の腕の見せどころだ。

「わたくしめは、小学生の頃から家事を手伝っておりました。好きでした」

「おお」

「ことに、おせち料理は、何というか――イベント感があって、わくわくいたしました」

「そりゃ、凄いな。好きこそものの上手なれ、だ」

「失敗もありましたよ。カズノコです」

「うん？」

「これはですね、塩抜きをいたしまして、出汁《だし》に浸けるのです。出汁は、煮込んで作ります。しかし、まだ子供ですから経験が乏しい。料理書の読解を誤りました。カズノコをそのまま出汁に入れ――」と、先生を見つめ「煮てしまいました」

ソフトボールとは違う。先生には、料理のルールが分からない。打たれたボールはどこに行った、という表情になり、

「えーと、……そうすると、どうなるの」

「勘違いしたハードボイルド小説みたいになります」

「は？」

「ガチガチの固茹《かたゆ》でになるんです。まあ、食用には適さないですね」

「うーん。リアルだなあ」

「実話ですからね。そうなっても、勿体ないから嚙み締めますけど。……ふふ。過ぎてみれば笑い話ですよ。楽しくありませんが。まあ、――何の道でも、初心者にはそういうことがあります」

「うーん、勉強になるなあ」

と先生に、年の終わりに勉強させてしまった美希である。

さて、今年の仕事も終え、気が楽になった美希と筏は、揃って、都心の先生のマンションを訪れた。師走の風が身に染みる。

おせちの三段重があるので、かなりの大荷物である。

お招きということで、カジュアルでは失礼。今日の美希は綺麗めを意識。淡いピンクのワンピースだ。筏は前にも見ている。

手塚はすでに来ていて、座っていた椅子から立ち上がったが、そこで瞬時、固まった。

「何よ」

と、美希がいった。

「ぎょっとすること、ないでしょ」

3

手塚は、溺れかけたように顔の近くで、手をばたばたさせた。

「い、いえっ」

筏が、童顔をほころばせ、

「田川さんだって、いつも、ジャージーやジーパンじゃないんですよ」

――当たり前だ！

と、思う美希であった。

球場だけではない。手塚とは、秋のパーティでも出会った。しかし、その時は落ち着いた色の服を着ていたのだ。

ご挨拶の三段重は、早速、奥様にお渡しする。

「まあ、こんなに立派な」

と、ご披露してくださる。そちらは、冷たい場所に持って行き、

「重箱は、年明けでよろしいわね」

「ええ、もういつでも。校正のやり取りに参上いたします」

「早く書け――ということだな」

と、先生。

「えへへ。そんなところです」

奥様の用意してくださった料理と合わせ、美希もタッパーを出す。酒のつまみ用にと、分けて持って来たおせちだ。

「味見してください」

手塚が、

「黒豆って、煮るのが大変なんでしょ？」

「いやあ、保温鍋でほっとけばいいんで割りと楽なんですよ。――一番、面倒なのは、サツマイモの裏ごし。栗きんとんのためにやるんです。手を抜けばね、ミキサーで潰すことも出来ますよ。だけど、――舌ざわりが違うんです」

形だけ整えばいい、という物ではない。

「なるほど、何事もそうですね」

筏が、ニンジンの飾り切りを指さし、

「こういうのも、大変なんでしょ。うん、梅みたいに切るわけだ」

「細かい作業だから、肩が凝るわね」

スポーツとは違った凝り方だ。

さて、ワインから始まり、水割りも出る。

それぞれの子供の頃の、正月の思い出話に花が咲く。餅にしても、関東と関西では形が違う。四角と丸だ。所と時によって、色々なことが変わる。

村山先生が、

「新聞だって、おめでたい元日には厚くなった。――今はカラー印刷にも驚かない。しかし昔は、新聞は白黒と決まっていた。雑誌じゃないんだからね。――ところが正月の紙面に色刷りページが現れた。おやおやと思ったよ。晴れの日という、華やかな感じがしたなあ」

「大きくなってからじゃないの。カラーは」

と奥様。

「そうかなあ」

そして、お正月映画のことになり、先生お得意の西部劇へと移って行く。早射ちガンマンといえば誰々――といった話に花が咲く。

奥様が、

「アラバマって西部？」

「というより、南部だな」

「『アラバマ物語』ってあったでしょ。うちで、『暮しの手帖』取ってたの。あの裏表紙に大きく、本の広告が出てた。女の子の写真が使われてた。覚えてるわ。オーバーオール着た、ショートカットの子」

「原作本の広告に、映画の写真を使ったんだな。『アラバマ物語』。グレゴリー・ペックが、あれでオスカーを取った。その女の子はペックの娘役、物語の語り手だ」

「西部劇じゃないんですか」

と、美希。

「テーマとしては人種問題だな。グレゴリー・ペックが弁護士。無罪の黒人の弁護をする。どう考えても犯人じゃないんだが、十二人の陪審員《ばいしんいん》の判決は有罪。南部だから、どうしようもないんだ」

「重いですねえ」

「あの頃、アメリカのコメディ観てたら、法廷場面で、登場人物が《アラバマ出身だ》といって《これが正義か！》と叫んだ。パロディになるぐらい有名だったんだなあ。――その理不尽を、正面からじゃなく、子供の眼を通して描いた。そこが、よかった。だからこそ、ただのプロパガンダにならなかった。人間が、鮮烈に浮かびあがる。――忘れ難いのは、何といっても狂犬のシーンだ」

一同、先生の次の言葉を待つ。

「じりじりと焼ける夏の通りに、狂い回る犬が現れる。不安げに見つめる子供たち」

「そりゃあ、怖いですね」

「保安官と父親が現れる。保安官が《俺には無理だ》といって、グレゴリー・ペックに射たせる。一撃で倒す。呆然とする子供たちに、保安官がいう。《何だ、お父さんが射撃の名人だと知らなかったのか》」

「おお……」

「これが伏線なんだな。最後の方で父親は、無法者に、黒人びいきめ、と唾《つば》を吐かれる。しかし、じっと耐える。子供たちも観客も、前の伏線があるから、やれば出来る男なのだと分かる」

「大事ですね、それは」

「それを、言葉で説明しても仕方がないんだな。それじゃあ、映画にならない」

「なるほど」

「見事なのは、理不尽な恐怖そのもののような狂犬を、ロングショットで撮ったことだ」

手塚が、身を乗り出し、

「子供の眼なら、遠くから見てますね。向こうに蠢《うごめ》く、でも確かに存在する、とんでもない恐怖です」

「そうなんだ。観客もその思いを共有する。しかし、——若い監督なら、つい犬のアップを使いたくなるだろう。よだれの垂れた口や、噛み合わせる牙とかね」

なるほど、そうだろう。先生は続けた。

「——黒澤明《くろさわあきら》に有名なエピソードがある。まだ若い頃、先輩山本嘉次郎《やまもとかじろう》の名作『馬』の助監督になった。——仔馬を売られて嘆き悲しむ母馬のシーン。その編集をまかされた。張り切って盛んにアップを使い、劇的にまとめた。ところが、意気込んだ割に感じが出ない。感情が伝わらない。どうやっても駄目だ。困り抜いて、山本監督に相談した。すると、《黒澤君、ここは、ドラマではない。もののあわれ、じゃないのかね》。翻然《ほんぜん》と悟った黒澤は、ロングショットだけを繋《つな》いだ。月夜に走り回る遠い姿。——それだけで、見事に母馬の哀しみが出た」

手塚が、大きく頷き、

「名言ですね。《もののあわれ》か。いう方も偉いし、そのひと言で分かる黒澤も凄い。――やたら大きく振りかぶっても、いい球は投げられませんからね」

「そうなんだよ。まさにそうだ。最近の映画は、とことんどぎつく観せたりする。そうでないと満足しなくなったんだなあ、お客が。――それに負けちゃあいけないんだが」

筏が、水割りをあおりながら、

「お、男と女だってそうですよ。昔は、なかなか会えなかった。だから、会えた時の感激がありました。今はラインのメールで始終繫がってる。既読で返事を返さないと、怒られたりします」

何か、あったのかも知れない。深く、頷いている。美希には、まだ実感がない。筏は、何度も頷きながら、

「――抑制は感動の母。だ、大事ですよねえ」

4

「黒澤と並んで、有名なのが溝口健二《みぞぐちけんじ》、そして――小津安二郎《おづやすじろう》だな」

美希が聞いてみる。

「小津って、近年特に、評価が高いんでしょう」

「そうだなあ。海外にも信奉者が多い。『東京物語』や『晩春』なんかは、映画好きなら必見だろうな。うん……」

と、先生は箸を伸ばし、

「——こりゃあ、うまい」

ありがたいことに、美希のお煮染《にし》めの評価も高い。

酒で頬を染めた筏が、

「こ、こういうのって、鍋で一緒に煮るんですかあ？」

「違うわよ。わたしは、全て、別々に煮ます」

「あ、そ、そうですか」

ごぼう、里芋、高野豆腐、タケノコ、ニンジン、コンニャクなどなどだ。

「時間がかかるけど、その方が、見た目も味もいいわよね」

と、奥様。

「はい」

「ご苦労様。お若いのに、偉いわねえ」

「いえいえ」

ちょっぴり鼻が高くなる。村山先生は、高野豆腐を食べながら、

「小津といえば、僕は前から気になってることがあってね」

「何でしょう」

「原作と映画の関係だよ。黒澤の『羅生門』」

「芥川《あくたがわ》ですね」

「だけど、あれは二つの短編が下敷きになっている。『羅生門』は、その中の一つだ」

「ええ。教科書にも出て来ました」

「候補が複数ある中から、印象的な題を選んだわけだろう。納得出来る。しかしね、そこで気になる作家がいる。――里見弴《さとみとん》だ。分かるかな」

父の話に出て来たことがある。

「はあ、……聞いたことはありますが、なじみはないですねえ」

「だろうなあ、今となっては。――昔は巧い作家の代表のようにいわれたんだ。ところがもう半世紀以上前に、丸谷才一《まるやさいいち》があるエッセイを書いている。書き出しが凄いぞ。――《誰も里見弴を読まない》」

「ええっ、半世紀以上って、もしかして、里見さん……ご存命中？」

「長生きしたからなあ」

と、感慨深げだ。

「びっくりですねえ。丸谷先生、怖いなあ」

「しかしまあ、『ゴーゴリ全集』の内容見本に、『ゴーゴリを読んではいけない』という文章を寄せた丸谷だ」

「うわあ」

「里見の場合も実は、読まれなくなった作家の美質について語ってる。誰も読まないなら読んでみようか、という気にさせられる。その出だしなんだが、――ちょっと待ってくれよ。本の整理も、かなり進んだところだから――」

と、先生は立ち上がる。別室の書庫に行き、すぐに戻って来た。中公文庫の『遊び時間』だ。

「――これ自体、もう昔の本になってしまったが、ほら、書き出しはこうだ」

誰も里見弴を読まない。今日、彼は小津安二郎の映画の原作者として一般に意識されてゐるにすぎないだらう。

## 5

「へええ。そうなんだ」

大監督の作品なら、そういうこともあるだろう。

『彼岸花』と『秋日和』の二本がそうだ。タイトルの次に、大きく《原作　里見弴》

と出る」

筏が眠そうな目でいう。

「優遇されてるじゃないですか。最初に出て来るなんて」

原作者名は、後の方に出て来るのが普通ではないか。

「里見弴――は、敬意を払われる存在だったからな。しかし、そうなのか――と思って、小説を読むと首をかしげたくなる」

「どうしてです」

「原作と映画が――違うんだ。重なるのは、ヒロインの名前ぐらいだ」

「作家さんが映画化に不満なのは、よくあることじゃないですか。変えられてしまう。登場人物の設定だけ同じで、全然別の話だ――って怒ったりする」

手塚も、

「映画の監督さんが書いた文章、読んだことがあります。原作と同じなら、映画はいらない。自分の作品にしたいから撮るんだ――って」

納得出来る。なぞりたいわけではないのだ。どちらも表現者だ。

「そういうレベルとは違うんだよな。別人に出会ったような感じなんだ。《原作　里見弴》っていわれると、妙に違和感があるんだ」

美希は、

「里見先生が当時の大作家なら、何はともあれ、小津さん、まず最初にその名前を出したかったんじゃないですか」

「いやいや、小津だって第一流の映画監督だ。無駄な飾りなんか、付けたくないだろう」

結局、疑問は先生から出されたままで終わってしまった。

そろそろ失礼しなければという時間になった。手塚が、すっと直立不動になり、

「すみません。僕、文宝さんみたいないい物持って来られなかったんで、せめて、洗い物させていただけますか？」

手土産はクッキーか何かで、美希の労作に位負けしたようだ。

当然、

――あら、何おっしゃるのよ。

という奥様の辞退があったが、人柄といおうか、それを受けさせてしまう柔らかな感じが手塚にはあった。

「僕、こういうバイトしていたことがあるんです。プロですよ」

筏は、ソファに背をあずけて気持ちよさそうに寝入っている。美希が、手伝おうとすると、

「とんでもない。そんなピンクの方に――」

洗い物の出来る服装ではない。

「いえ。桜色です」

ピンク——というのが何となくカチンと来たが、ここは、お言葉に甘えることにした。

奥様は、子供の手伝いを微笑ましく見守るような表情だ。

確かに、手塚の手際は鮮やか、てきぱきとしていた。腕まくりし、奥様の指示を受けながら、ことを進めて行く。

自分のタッパーが、油分の残った感じも全くなくぴかぴかで、水気もキッチンペーパーで綺麗に拭き取られ、前に置かれた時、美希は、

——やるな、こいつ。

と、剣豪を見る剣豪のような目になった。

6

おせち料理は日保《ひも》ちがいい。

美希は仕事始めの日、余った具材でちらし寿司を作り、会社に持って行った。仲間たちから歓声が上がり、本年の職場のヒーロー第一号となった。まあ、正確にいえば、女性だからヒロインだが。

百合原《ゆりはら》ゆかりが、

「お見事、感激。田川ちゃんのこと、奥さんにほしいにゃん」

「百合原さん、もう結婚してるじゃないですか。――重婚罪ですよ」

「ううん。うちにいるのは旦那だよん。奥さんはいないもん」

誉《ほ》められた美希が、めでたくガッツポーズを取っていると、春秋書店から電話があった。手塚だった。

「あの、村山先生のお宅で、小津安二郎の話になったでしょう」

「ええ」

「田川さん、確か――」と、美希の出身大学名をあげ、「――でしたよね」

「そうです」

「実は、そちらで小津のシンポジウムがあるんです。二週間先の土曜で、もう日がないんですけど、……ご関心ないでしょうか」

「えーと。その辺、うといもので、勉強したい気はあります」

「友達から、絶対おすすめっ、と誘われてたんです。凄いメンバーが集まる。トーク内容は保証付き。幻の短編映画まで上映されるそうで――」

「……はあ」

「その友達が、間際になって用が出来まして、いかがでしょうか」

「ピンチヒッターですか」

「そういうことなんですが……」

ピンチというなら助けてやる。敵に後ろは見せられない。幸い、その日は空いていた。会場は、勝手知ったる母校。案内してやろう、といった気になった。

ところが当日になってみると、暖冬とは思えない天気。みぞれである。

開場が二時、開始が二時半からなので、早朝からあたふたしないですんだのが救いである。スウェット生地のスカート、足には分厚い黒タイツ、赤のセーター。その上にアウトドア用のダウンコートで完全防備した。スウェット生地は、温かい上に腰周り、お腹周りがらくちん、らくちん。長時間座っているイベントには最適だ。

JRの中では、女子高生たちが騒がしい鳥のようにしゃべっていた。

「鬼寒《さ》みー。雪降った方があったかいっていったの誰だよ」

「タカハシ」

「タカハシ、殺すっ！」

高橋さんだか、高橋君だか、あるいは高橋先生だか、あなたの命は風前の灯火《ともしび》。

乗り換えた地下鉄の駅で手塚と落ち合い、会場の記念講堂まで先導した。見たところ、普通の建物。地下が講堂になっているので、初めての人には分かりにくい。

屋根のあるところまで入り、傘をたたむ。雨に変わりかけたみぞれの水滴が、ぽとりぽとりと床に落ちる。

「いやあ、すんなり来られました。助かりました」

と、手塚が感謝。広い階段を降りると、受付が見えた。『小津安二郎 大全』という本の刊行記念イベントだった。かなりの人が集まっている。小津への関心の高さが分かる。

受付に並んで、置いてある分厚い本を手に取る。帯に《永久保存版》と書いてある。そんな感じだ。表紙の小津の顔がいい。

――買えば、入場無料だ！

かなりの値引きになる。これは買うしかない。

ずしりと重いのが、頼りがいのある感じだった。

## 7

丁度よい広さの会場で、専門家や監督が小津安二郎について語る。敬愛の念が、それぞれの言葉からこぼれ落ちる。それを席を埋めた客が受け止める。

気持ちのいい会だった。

映される映像も、貴重なものだ。短編映画『私のベレット』の監督は大島渚《おおしまなぎさ》。脚本監修が小津。音楽は、『上を向いて歩こう』などの中村八大《はちだい》。

わずか二十七分だが、三作のオムニバスになっている。見た顔の役者が何人も登場する豪華版だ。

企画監修の中に、村山先生の話に出て来た《山本嘉次郎》の名前があったので、

――ああ……。

と、思った。

明るくなったところで、手塚が、

「不思議な映画ですねえ」

「本当」

自動車会社が金を出して作ったのだが、どう考えても、あまり宣伝にならない内容だ。車を買って不幸になる人さえいる。

「この辺りが、昔のおおらかさなんでしょうか」

と、顔を見合わせた。芸術というものを信じてくれていたのか。

アニメーション監督の望月智充《もちづきともみ》さんも登場。テレビでやった深夜アニメのある回が『洋菓子の味』。小津作品に『お茶漬の味』『秋刀魚の味』がある。タイトルから台詞のやり取りまで、その世界を模したオマージュになっている。

映像が流れると、観客は手を拍《う》って大喜び。喜ばれるということを望月監督が喜んでいた。それが感動的だった。

また、望月監督のジブリ作品『海がきこえる』にも、小津作品への思いがあるという。

小津は、撮影カメラを動かさない。ほとんどフィックス、つまり固定で撮る。望月監督は『海がきこえる』を、意識的にそういう形式で作った。そしてクライマックス、駅の階段を駆け上がって、

——探す女性がいるか。

という場面で、ただ一度のパン——画面を横に振る。動き、動き、求める視線の先に——彼女がいたのだ。

冬の日は短い。終わって外に出た頃には、空はもう暗かった。ひやりとする。しかし、雨はあがっていた。空気が清々しい。

地下鉄の駅まで並んで歩いた。美希が、

「あのパンの話——」

といって、

「はあ……?」

どうやら、食べる方を考えたらしい。いきなりいわれればそうなるだろう。

「カメラの——」

「ああ。撮影のパン」

「——あそこで画面が動いた時、心も、とても動かされました。でも、これ説明がなかったら、同じくらい特別な思いで観られたかなあ——って、ちょっと心配になりました。

観られる自分であってほしい、と思うんですけど」

　手塚は、しばらく歩を運んでから、

「……共感って、全ての人からは得られないですよね。……同じ人だって、年齢や経験、その時の体調や虫の居所の具合で、感じ方は変わりますよね」

「そうですね」

「望月さん、『洋菓子の味』で拍手が湧いた時、嬉しかったでしょうね。テレビじゃ、気づかない人だっていっぱいいる。それでも作りたければ、作るしかない。――どういう結果になるかはともかく、ピッチャーが投げなければ野球は始まりませんからね」

　駅が近づいて来た。美希は、社交辞令ではなく、

「来てよかったです。やっぱり、いろいろなものを見たり読んだりしなきゃ駄目だなと、改めて思いました」

　地下への階段を降りる。下は明るい。

　手塚が、何だか物いいたげだな、とは思ったが、帰ったらすぐ面倒なゲラを片付けなければならない。行き交う人の中に立ち、

「じゃあ、わたし、こちらなんで――。どうも、ありがとうございました」

と、向かいのホームへの通路に向かった。そんな背中に、手塚が、

「あ、あの……」

「はい？」

ちらりと振り返ると、

「えーと、……お、おせち、本当においしかったです」

そりゃあどうも、と頷き、歩き出す美希であった。

## 8

『小津安二郎 大全』を読む。朝日新聞出版の本だ。松浦莞二《まつうらかんじ》、宮本明子《みやもとあきこ》の編著。様々な取材や論考に合わせ、小津の伝記、作品の詳細な説明がある。

『女房紛失』は一九二八年、即ち昭和三年の作。残念ながら、脚本もフィルムも残っていないが、何と登場する名探偵が車六芳明《しやろくほうめい》、泥棒が有世流帆《あるせるぱん》だという。《溝口健二もこの頃に『８１３』というルパンものを撮っていた》そうだから驚きだ。ルパン三世の登場する、はるか前だ。

映画の場面が写真で紹介されているが、『彼岸花』以降のカラー作品は、きちんとカラーで刷られている。編集者の力の入れ具合が分かる。読む方からすれば、ひと目でその流れが分かってありがたい。

巻末の松浦莞二、折田英五《おりたえいご》の「小津の技法を俯瞰《ふかん》する」によれば、《カラー映画撮影以降、キャメラは全く動かさない固定撮影となった。オーヴァーラップはもちろん、フェードイン／アウトもなくなった》という。技法を嫌い、より禁欲的になったということか。

研究書としても入門書としても、好適な一冊だ。さて、こうなれば当然、小津を知らない美希も、

――何か観てみよう。

という気になる。

作品名を眺めると、一九四二年即ち昭和十七年に『父ありき』というのがあった。

――父か……。

中野の実家にいて、困った時には訪ねて行く父親がいる。その顔が浮かんだ。

## 9

説明を読むと、『父ありき』は《断定は難しいが、おそらく全てのショットで固定撮影をした初めての作品》とある。

――フィックスか。まずは、これにしよう。

美希の周りで、映像に強いのは筏丈一郎だ。

「小津の映画、持ってる？」

と聞くと、頼もしい。

「有名なのは、大体、揃ってますよ」

『父ありき』もあるという。早速、借りられた。ＤＶＤ時代のありがたさ。その日のうちに観られた。

当然、画面は白黒。おまけにワイドではない。遠い時代を小窓から覗いているような気になる。

実直そうな父親と子供の、数学の公式についてのやり取りがある。次の場面では、父親が教室で数学を教えている。

――そうか、先生なんだ……。

《あらすじ》は読まないでおいたから、新鮮な気持ちで、そう思えた。美希の父も、高校の先生なのだ。教科は違って、国語だが。

そう思うと、映画の中の、父と子供の会話が身近な、懐かしいものに思える。

ところが、映画の父親は教師を続けられない。引率した学校の旅行で、生徒が事故死する。責任を感じて辞職。職を求めて土地を離れ、子供に仕送りをする。

観ていると次第に、白黒の画面が雄弁なものに感じられて来た。

思い返すと、昔、ゲームボーイというのがあった。片手で持てるゲーム機。十字のキーとＡＢのボタンで操作するのは、ファミコンと同じ。この小さな画面が、初めは白黒だった。ある時から、カラーになった。しかし、色が付いて、より楽しくはならなかった。むしろ違和感があった。ゲームの持つ喜びの本質は、そこにはない――筈だ。

――だけど、生まれた時からカラーでやってたら、白黒画面じゃ物足りない。見ただけで拒否するんだろうな。

豊かさには、そういう、人を甘やかす罠がある。嚙んで固いものを、味わえなくなったりする。

そんなことも考えた。

さて『父ありき』の中で時は流れ、子供は立派に独り立ちする。最近の映画では、子役が成長後の役者と似ていて、

――よく探して来たなあ。

と舌を巻くことがある。この映画の子供と青年も、顔立ちが似ていた。

父が縁談を進め、その話もまとまる。親として、もう心配はない。

しばらくぶりで、共に過ごす父と子。今日は本を買いに行くという青年に、父は、

「一度、上野の博物館も見て来なさい。なかなか、いいものがある」

――ああ、うちのお父さんも、こういうことをいうなあ。

と、思う。

親子が共に過ごす、気持ちのいい朝。父は用があって出掛けようとする。子は、窓からのどかな外を見て口笛を吹く。そこで、異変が起こる。父が倒れたのだ。

汽車で新妻と共に、父の骨壺を納めに行くのが結び。子が語る。

「僕は子供の時から、いつも親父と一緒に暮らすのを楽しみにしてたんだ。それが、とうとう一緒になれず、親父に死なれてしまった。でも、よかったよ。たった一週間でも一緒に暮らせて。——その一週間が、今までで一番楽しい時だった」

新妻が、顔をおおって泣く。汽車が走る。まさに、『父ありき』という映画だ。

戦後の子供は、なかなか、こうはいってくれないだろう。

今の若者なら、

——そこまで、いうか。

と、思う筈だ。奥さんの方は、

——この人、ファザコン?

となるだろう。

しかしながら、実は尽くしたいタイプである美希は、子のために一生を捧げた父に素直に共感した。

観終わってから、改めて『小津安二郎 大全』を開き、《あらすじ》などを読む。《解説》中に、こうあった。

やっと父とゆっくり過ごすことができた息子が、「唯一度だけ」を口笛演奏する点も興味深い。これはエリック・シャレル監督『会議は踊る』(一九三一年・墺)の主題歌。ロシア皇帝とウィーンの街娘との逢瀬の喜びを歌う楽曲。そんな恋の歌を息子が奏でるというのも妙だが、『晩春』での父娘の関係に見られるように、小津にとって親子の愛情は男女の愛情にも近い特別なものかもしれない。

——そうか。あの口笛は、そういう曲だったのか。

と、思う。

## 10

次の週末、何となく、中野の実家に足が向いた。

——父の顔を見ながら、映画の話をしてみようか。

と思ったのである。

夜は、季節にふさわしく鍋になった。久しぶりにくつろぎ、おみやげ代わりの話を忘れてしまうところだったが、母が、

「じゃ、明日の朝はきりたんぽを入れて、食べようね」

といった辺りで、何とか小津安二郎シンポジウムの話題を出せた。

「『父ありき』って観てる？」

「渋いところを持ち出すなあ。昔々、テレビの深夜劇場でやってたよ」

「覚えてる？」

「昔のことだから、話ぐらいは出来るぞ。最近のことは、みんな忘れてしまう」

「それも困るね」

「まだ、ミコが誰か分かるから大丈夫だ」

ストーリーを説明すると、

「――うんうん。そんな話だ。父親役が、笠智衆《りゅうちしゅう》」

名優らしい。

「親子最後の場面で、子供が口笛吹くのよ」

「そうだったかな」

「覚えてない？」

「さすがに、そこまでは無理だなあ」

昔の映画で録音もよくなかった。いわれなければ、気づかないだろう。

「何とかっていう映画の曲。えーと、――『会議は踊る』だ」

「おおっ！」

と、父が身を乗り出す。

「知ってるの？」

「『唯一度だけ』だ！」

「それよ、それ」

大きく頷き、

「お父さんが子供の頃、ベストセラーになったのが、平凡社の『国民百科事典』だ」

散歩させていたら、いきなりわけの分からない方向に走り出す犬のようだ。しかしながら、出版社員としては不況の折から、聞き逃せない。

「百科事典が、ベストセラー？」

「昔は、そういうことがあったんだ。何十巻もの大百科は図書館用だ。家庭でも揃えられるように――と出されたのが『国民百科事典』。七巻本。これが当たった。昔は皆な、知識教養に憧れ、大事にしていたんだよ。うちでも買った。友達のところにもあったな」

「紙の時代の話だねえ」

「応接間の飾りにする家もあった。しかし、うちでは毎日のように使っていた。無駄にしなかった。だから結局は、実に安い本になった。子供の頃の愛読書のひとつだったよ。世界のパズルや古今の名探偵一覧表なんかもあった。――図版がまた面白かった。次から次へと、思いがけない絵が出て来る。建築のところでは、先《せん》の先の松本幸四郎《まつもとこうしろう》の家が、大きなカラー図解で、詳細に説明されていた。ま、家というより邸宅だ。使用人の部屋が二つ、子供部屋が三つあった。――これを片手に泥棒が入るんじゃないかと思ったよ。今じゃ考えられない」

びっくりだ。

「プライバシーも何も、あったもんじゃないわね」

「それに、――『会議は踊る』が載っていたんだ」

「へええ！」

「つまり、百科事典の項目になるぐらい、有名な映画だったのさ。一場面が、写真で出ていた。お父さんが最初に観たのは、小学生の頃かなあ、テレビでやった。これがあれか――と思ったよ。ちゃんと理解したのは、大人になってからだ」

鍋はかたされるが、話は続く。

「――ナポレオンがエルバ島に流された後、開かれたウィーン会議が背景。領土問題やら何やら、各国の思惑が入り乱れ《会議は踊る、されど進まず》といわれた。町娘の役がリリアン・ハーヴェイ。ウィーンに来ていたロシア皇帝アレクサンドルに見初《みそ》められる。――馬車が迎えに来て、彼女を乗せ、街を抜け、郊外に出、橋を渡り、川沿いを走り、そしてアレクサンドルの待つ豪邸へと入って行く。それをカメラが延々と追う。実に美しい場面だ。世界の映画人が、驚きと感嘆と嫉妬の念で観たに違いない。そこに流れる歌が『唯一度だけ』。人生にただ一度だけ訪れる青春の喜びを歌い上げる」

聞くだけでも、乙女心が空に駆け登って行きそうだ。父は続ける。

「大林宣彦《おおばやしのぶひこ》監督が、テレビで小津のことを語っていた。――小津さんというのは、断念の人だった。実に多くのことを思い切らねばならなかった。撮りたかった画面もいくらもあったろう。しかし、戦前の日本には、そのための機材も技術もなかった」

「ああ……」

「海外のあれこれと一緒に、勿論《もちろん》、『会議は踊る』が念頭にあったんじゃないかな」

「それだけ有名な映画だったんだ。その『唯一度だけ』も流行ったの？」

「勿論さ。これを原語で歌うためにドイツ語を習った若者が一杯いたそうだ」

「だったら、『父ありき』の子が口笛で吹いてもおかしくないわね」

「うん。父との最後の場面だろう。動かせない曲だなあ。あの時代に、これはぴったり。実に見事だ。――ミコは正月、久しぶりにおせちを持って来てくれた」

「うん」

「あれだって、うちに持って来たのはタッパーだ。でも、作家先生のお宅には、お重を届けたんだろう？」

「勿論」

「だとしたら、最後の、綺麗に詰めるところで神経を使ったろう」

「そうね、……一時間以上かかった」

「どこに何を置くか。仕上げの作業で、ことのよしあしが決まる。『父ありき』だったら、父との最後の場面がそれだ。――細心の注意を払ったろう」

「あー、でもねえ、そこに疑問も出てるんだよ」

「疑問？」

父は、わけが分からないという顔になった。

## 11

美希は、持って来ていた『小津安二郎 大全』を開き、口笛についての部分を見せた。

「ほら、《そんな恋の歌を息子が奏でるというのも妙だが》となっている。まあ、それだけ親子の仲が親密だったということだろうけど……」

「いや」

と、父は難しい顔になった。そして、

「――例えばね、写真というのは写っているものを示しているだけじゃない、という。それを撮った人が、そこにいたことを示している。そういわれれば――なるほど、そうだよね。――『会議は踊る』という映画が日本で公開された時、観客が映画館に詰め掛け、皆の心を動かした。どうしてか。今の我々が、お茶の間のテレビの画面で観る『会議は踊る』は、その時の映画とは別物なんだ。要するに、観ている人たちが違う。今の我々じゃないんだ」

「どういうこと……」

「この映画の最後は、酒場のシーンだ。町娘はアレクサンドルと楽しく語らっている。そこに、ナポレオンがエルバ島を脱出したという知らせが入る。アレクサンドルが立ち上がる。町娘が《明日、会いましょう》という。アレクサンドルはそれに《さようなら、ありがとう》と答える。酒場の親父が、楽隊に《さあ、景気のいい曲を！》という、そこでこれが演奏される。シューベルトだ」

父は、リズミカルな、はずむような旋律を口ずさむ。

「……何だっけ？」

「『軍隊行進曲』だよ」

「あ……」

父は、痛ましいものを見るような表情になり、

「昔、江守徹《えもりとおる》と日下《くさか》武史《たけし》のやる芝居を観に行った。文学座と劇団四季の看板役者の顔合わせだ。江守はドイツ人の学者だ。奇妙な病気がある。突然、幻の音楽が耳に響いて来

るんだ。時により、ジャズだったりクラシックだったりする。人生の節目節目で、幻聴が聞こえる。日下武史はユダヤ人、二人は親友なんだ。――ところが時代が、次第におかしな方向に流れて行く。江守の書いた論文が、ヒトラーの目にとまり、絶賛される。総統に呼ばれ、手を取られる。《感動した！》といわれるんだ。相手は時の最高権力者だ。江守は心を奪われてしまう。その論文が、ユダヤ人弾圧の理論的裏付けに使われる。――数年後、ナチスの中で高い地位を得た江守が、ある場所に視察に向かう。――アウシュビッツだ」

そういう時代。美希の頭に、ふと、『アラバマ物語』の中で、遠くに狂い回っていたという犬の幻影が浮かんだ。

父はいう。

「――囚人たちが入口で彼の歓迎演奏を始めた。――『軍隊行進曲』だった。高まる響き。江守のいう、最後の台詞が、今も耳に残っている。――《怖ろしいことにそれは、現実の音楽でした》」

## 12

母のいれてくれたお茶を飲みながら、父はいう。

「勿論、シューベルトに何の罪もない。ただ、『軍隊行進曲』というのが、こんな風に使われることもあるんだな」

「……そのメロディーが、アレクサンドルを送り出すのね」

「酒場の親父は《陛下、またのお越しを》という。アレクサンドルは微笑みを返す。だが、答えない。町娘と二人、見つめ合って歩く。馬車が用意されている。アレクサンドルが乗る。馬車が動き出す。町娘は、手を伸ばしかける。酒場の親父がとどめる。永遠の別れだ。馬車は去って行く。――親父が、歌い出す。『唯一度だけ』をね。幸せな春は二度とない、と。――アレクサンドルに会うことは、もう二度と出来ない」

「………」

「大人になって観た時、日本公開の年を調べたよ。ヒトラーが、国民投票で総統になった年だ。――『会議は踊る』で描かれていたのは、ナポレオンがエルバ島にいた、つかの間の平和の時。それがもろくも崩壊する。そして、この映画の観客がいたのは第一次世界大戦と第二次世界大戦の狭間なんだ。映画館の客席にいる男達にはアレクサンドルが、女達には町娘が、物語の中の存在とは思えなかったろう。明日には、自分が、そして自分たちの父が、夫が、恋人が、兄弟が、戦場へと向かって行く。そういう思いが、ひしひしと身に迫っていた。そこで観る『会議は踊る』と、今、これって世界名作なんだ――と思いながら、平穏無事なお茶の間で観る『会議は踊る』とは違うものなんだよ」

「………」

「――小津安二郎も、無論、戦前の目でこの映画を観た。そして、大陸に向かった。――大林監督は、さっきの話の中で、小津さんにとっての一番大きな断念は、無論、戦争の時期を生きたということだ、といっていた。それはそうだろう。――つまり、当時の人にとって、『唯一度だけ』というのは、愛の歌であると同時に、いやそれ以上に、心から愛する者との別れの歌なんだ」

## 13

日曜日の朝は、鍋の残りに予告通り、きりたんぽが入った。ふうふう吹きながら、おいしくいただいた。

食器の後片付けをし、風呂も洗って戻って来ると、父は『小津安二郎　大全』を読んでいた。背中が、太めの笠智衆のようだ。

我が家の笠智衆は、顔をあげ、

「凄い本だな。どこを開いても面白いぞ」

「ほめても、あげないわよ。まだ読んでるんだから」

「買うよ、買うよ。一家に一冊だ」

そこで、村山先生のいっていた、小津作品の謎を思い出した。

「あのね、――里見弴」

「何だ、いきなり」

「小津の映画に、《原作　里見弴》というのがあるんでしょ」

「ああ」

知っているようだ。

「ところがね、里見の小説と小津の映画は、大分、違うんだ」

「当たり前だ」

「ほ？」

「《原作》じゃないんだから」

こともなげにいう。

「どういうこと？」

美希は、あわてて炬燵《こたつ》に入り向かい合う。

「ほら、ここにも、はっきり書いてある」

と、父は『小津安二郎　大全』を見せた。『秋日和』の解説だ。

『彼岸花』と同じように、里見弴と話を練ることから始めた。物語の大筋が決まった後、里見と小津・野田がそれぞれ原作と脚本を執筆した。里見の原作を脚本化したというわけではない。


「えっ、……え？」

「まだ、ここまで読んでないのか」

「……せいてはことを仕損じる」

「せかなくてもな」

ちっ、と思う美希であった。

「原作じゃないのに原作――だなんて、おかしいでしょう」

「まあな」

「何で、そうなるわけ？」

「うん。まず、小津は里見のファンだった。里見弴は、小説の名人といわれていた。特に会話のうまさに定評があった。大いに影響されるところがあったろう」

ちょっと待ってろ――といって、父は書庫に行く。やがて、二冊の本を持って、戻って来た。一冊は、中央公論社の『日本の文学』。ありふれた本だ。その『久保田万太郎里見弴』の巻。

「挟まれた『付録』で、伊《い》藤整《とうせい》と里見弴が対談している。これが面白い」

**伊藤**　ところで「縁談窶《えんだんやつれ》」、ようございますね。あれは、実に鎌倉の雰囲気がいたします。例の小津安二郎監督のような人に撮らせたい作品ですね。

**里見**　題名は忘れましたが、映画にしているんですよ。しかも僕はそれを知らなかった。晩年親しくなってから撮ったと白状したんだけど、その時分は知らない人だから、けしからん奴がいると……。

**伊藤**　作者にはわかりますからね。

**里見**　まるで俺の「縁談窶」そっくりじゃないかというんで、初めて会った時、いきなり僕は言ったんですよ。「あなた、人の作品盗んで、随分ひどいよ」って。「やあやあ」なんて言ってごまかしていたけどね。

「『縁談窶』。これは里見の小説ね」
「そうだ。なかなか、縁談のまとまらない娘の話だ」
「顔を見ることないでしょ」
「別に見ちゃあいない。――里見というのは九十いくつまで生きて、いろいろな証言を残した。それぞれ面白い。ところが、前にも話したと思うが、記憶にねじれがあるんだなあ」

以前、泉鏡花《いずみきようか》と徳田秋声《とくだしゆうせい》のやり取りについて、聞いた時のことだ。「――時代の証言者として貴重な人だが、話が面白い。面白過ぎて、ちょっと困ったところもある。ほら、こっちの『里見弴全集』」と、第五巻の「あとがき」を見せる。筑摩書房の本だ。

小津安二郎の「晩春」を見てすぐさう思つたまゝ、「原作料の半額くらゐは貰《もら》つてもよささうだなあ」とからかつたところ、存外生真面目に否定したが、これまた、読者の御判定を煩はしたいところだ。

「対談じゃ《白状した》だが、こっちじゃ、《生真面目に否定した》ことになっている。まあ『晩春』は、ほかに原作といわれる小説もあるし、里見に迫られる筋合いはないいんじゃないかな。――しかし、愛読者である小津が、里見の世界の蜜を吸っていないとはいえない。で、さっきの対談だが、こう続く」

**里見**　それが気になったのか、その後、僕の小説、随分撮っているんです。ただし、ほとんど彼が、こういう筋で小説書いてくれ、と僕に言ってくる。僕から言やあ、ありがた迷惑なんだよ。小津君の考えで僕が小説書くなんて、決して愉快でないからね(笑)。

「『秋日和』も『彼岸花』も小津安二郎の作品だ。原作なんてないよ。それでも小津は里見を原作者にしたかった。次に、その理由が、はっきり書いてある」

意外な言葉が、続いた。

「――金だよ」

## 14

驚いた。

美希は、声なく口を開ける。父は、見得を切るように斜めになり、

「受けた恩義は返さにゃならぬ――ってわけだ。義理からも人情からもな」

「……どういうこと？」

「こういうことさ」

**里見** それでも、前の罪ほろぼしに、原作料をたくさん持ってきたいのだろう、いろいろ話を持ち込んできた。

「あ、なーるほど」

**伊藤**　それで、小津さんの言ったものをお書きになりましたか。

**里見**　ずっとあとのものですが、書いたね。「秋日和」と「彼岸花」。自分ではあまり好きではないけれど、小津君が自分で立てた案だから、いろいろと説明してくれる。僕は書くのに邪魔になるからよせよせという。結局、僕の小説と、彼の同名の映画が出来るわけですよ。ところが人によっちゃあ、映画のために、僕が書いたみたいに言うんだよ。読み比べてくれれば全然違うんだ、僕の方が上等なんだけれども（笑）。よくそんなことを言ってふざけ合ったもんだね。

「どうだ、冬の氷が春、解けるように、すっかり分かったろう」

美希は拍手し、

「凄い。——父ありきっ！」

「おいおい、過去にするなよ」

その後、美希が『小津安二郎 大全』の伝記のところを読んでいたら、一九二九年、即ち昭和四年、小津が二十六歳のところに、こんなことが書かれていた。

十一月、『突貫小僧《とつかんこぞう》』封切り。三日ほどで撮り上げた作品。原作は野津忠二で、これは野田高梧《のだこうご》、小津安二郎、池田忠雄《いけだただお》、大久保忠素《おおくぼただもと》の合成名。この頃は原作料を稼ぐため、架空の原作者を作り原作料を会社からもらい、皆で分けていたという。

会社から出る原作料だ。資本家の金を善用（！）してやろうというのは、自然な心の動きだったようだ。

## 15

一月の末、日本推理作家協会の新年会があった。場所は飯田橋のホテル。

昼のうちは泣き出さなかった空の機嫌が、夕方から悪くなって来た。

「あーあ、雨だよ。スエードの靴なのに」

と、心配する美希と八島和歌子《やしまわかこ》。和歌子のパンプスは青。上は紺地に臙脂《えんじ》色と白と黒の線で大柄のチェックが入ったワンピース。すらりとした和歌子によく似合う。

会場入口で飲み物を取る。美希はウーロン茶のコップ。和歌子は赤ワイン。

中に入ったところで思い出した。百合原ゆかりに、いわれたことを。

「ねえ、八島さん」

「はい」

「百合原さんが、いってました。秋のパーティで、ドラえもんのネクタイしてる人に会ったって」

「ああ、新春社《しんしゅん》の人でしょ」

何のガードもなく、体型のようにすらりと答える。ドラえもんマニアの和歌子と、その男の繋がりが気になる——というのが、ゆかりの声だ。

「ご存じですか」

「ええ。——今日は議題があるのよ。ついて来る？」

「議題……？」

会場を半周ほどしたところで、一人の男を見つけ出す和歌子。

「うちの田川です。——こちら、新春社の野比さん」

頭がくらくらして来た。これがこの世のことか。しかし、もらった名刺の姓は、確かに野比《のび》だった。

「ファン垂涎《すいぜん》の名字よ」

「ほ、本当にあるんですね。このお名前」

相手は、人好きのする好男子だった。にこりと笑い、

「見直しても、名前は《のび太》じゃありませんよ」

「さすがに、そこまではね」

と、和歌子。

「む、昔から、『ドラえもん』ファンだったんですか？」

「いやあ。小さい頃は、からかわれるんで嫌でしたよ。でも、《のび太》の名前の回を見て、変わりました」

すかさず和歌子が、

「『ぼくの生まれた日』」

「ええ。かっこいい名前がいいなと思っていた《のび太》が、親の心を知って感激する回。それ以来、僕も、野比でよかったと思うようになりました。嫌がったら藤子《ふじこ》先生に失礼だ」

ちらりと見てみたが、ネクタイのドットは、やはりドラえもんのようだ。

「それで、例の件だけど」

「やっぱり、——同じ年でしたねえ」

頷き合う二人。美希がおずおずと、

「何がです？」

「『ドラえもん』の連載開始と『水戸黄門』の放映開始ですよ」

「どっちも一九六九年なの。凄いでしょ」

「……それが、どうかしたんですか？」

「いえね。ある人がいったの。——『水戸黄門』の《かげろうお銀》は、毎回、お風呂に入っている。《しずかちゃん》も、よくお風呂にいるが、ここに相関関係はないか、って」

「……そ、それが、議題ですか」

おそるべし、マニアの世界。

「F先生が『水戸黄門』を観ていたのは確かかね」

「そうですよ。《コーモンじょう》がありますから」

「……な、何です、それ？」

和歌子が、そんなことも知らないの、という顔になり、

「《コーモンじょう》の《じょう》は錠剤の錠ね。その薬を飲んで名を名乗ると、皆が平伏する秘密道具よ」

——深い、深過ぎる……。

呆然とする美希であった。

「しかし、相関関係はありませんね」

「ないない」

「論証は？」

「由美《ゆみ》かおるのかげろうお銀登場は、ずっと後の一九八六年から」

「オッケー」

美希の、由美かおるへの関心といえば、七十歳も近いのにデビュー時と体型が変わらない――ことぐらいだ。

「では、結論は？」

と、野比が聞く。和歌子が胸を張り、

「大手メーカーが住宅用システムバス量産を開始したのが一九六七年。要するに、『ドラえもん』開始の頃から、《おうちでお風呂》が先進的になった。――素敵な女の子の表現として《しずかちゃん》はあんなにお風呂に入っているのではないか」

「お見事！」

二人は、カチンとワイングラスを合わせた。

――で、この人たち、結局、どういう仲なんだろう。

よく分からなくなる美希だった。

引用資料『蝦蟇《がま》の油』黒澤明（岩波書店）

# 瀬戸川猛資の空中庭園

# 1

編集者の仕事として、まず、書き手とのやり取りがある。

電話、メール、ファックスなどですむ場合もあるが、そこは人と人。実際に顔を合わせ、表情を見つめあって、言葉のキャッチボールをするのは大事だし、何より楽しい。思いがけない方向に球がそれてしまうこともある。だがそれが、あっと驚く新作誕生に繋がったりもする。

そういう意義ある、対面でのやり取りなのだが、今年の春、難しくなってしまった。もうじき緊急事態宣言も出ようかという頃、田川美希《たがわみき》は、原島《はらしま》先生とメールを交わしていた。

いかがいたしましょう？


文芸特集の誌面を飾る貴重書を、先生が貸してくださるのだ。表紙は勿論《もちろん》のこと、話題になっている本の、まさに問題の箇所を、写真で載せられたら、説得力が違う。

以前なら、何の問題もなく神保町の喫茶店で会い、お借りしていた。しかし、それが難しい。

ものがものだけに、

――送ってください。

とは、いいにくい。

本の大切さというのは、分からない人には全く分からない。文学関係の蔵書家として知られる方が、テレビドラマに使いたい、といわれ貴重書を貸した。すると、あろうことか撮りやすいように、百八十度に押し広げられてしまった。それどころか、設定としては図書館の本ということで、作られた図書館印をべっとり押され、書き込みまでされた。それを平気で返して来た――という。

本にかかわる人間には、信じられないことだ。しかし、テレビドラマのメイキング番組などをたまたま見ると、いかに苦労して映像作りをしたか――が、誇らしげに語られている。

全ての人がそうとは思えない。しかし、その時の担当者には、貴重書も消耗品、ただの素材、小道具でしかなかったのだ。

いつだったか、ある神社で神事に使う大切なものをテレビ局に貸し出した。ところが、撮影が終わったら、どこかに消えてしまい、とうとう返って来なかった。価値観の違いは、かくのごとく恐ろしい。

《文が宝》の文宝《ぶんぽう》出版に勤める美希である。原島先生にとっては、本を貸すのが子供を預けるのに等しいと、よく分かっている。

**出来れば、手渡ししたいですね。それについて、ご説明したいこともありますし。**

と、先生。

ご趣味が古書店巡り。しかし、七十代。高齢の方が、今回のウイルスに捕まると大変なことになる。東京に出て来るのが、難しい。

肉体トレーニングなら、自宅でもある程度、出来るだろう。しかし、家の中で古書店巡りは出来ない。しているようなら、かなり脳内で妄想が広がっている。

**受け取りにうかがいます。どうしたら、よろしいでしょう。**

美希が、先生の住んでいる埼玉の町まで出掛けて行くことになった。初めてではない。今までなら、喫茶店でやり取りした。今回は、そうもいかない。

会うなら開放的なところがいい。要するに、屋根と壁のあるところを避けたい。町の図書館の前庭にベンチがあるそうで、そこで落ち合うことになった。

とにかく、先生としては禁断症状。誰かと、本の話がしたいのだろう。案の定、

**最近は、何を読んでいますか？**

担当している作家さんとの話に出て来た、アメリカの作家、ロス・マクドナルドの名前をあげると、《懐かしい》と喜びの文字が並んだ。

## 2

当日は、ありがたいことに気持ちよく晴れた。

駅で降り、

――図書館。

といえば、タクシーでも分かりやすいところだ。すんなり着けた。

駐輪場を左手に、建物のある方へと進んで行く。木々の間にベンチがあった。原島先生の肩が見えた。

「……どうも、先生」

と、マスク越しにいう。先生もマスクの顔を向け、会釈してくれた。ベンチの真ん中に、本の山がある。貸してくださる参考資料である。先生と並んで座る。

本を挟んで、距離を取っての同じ向き。横に並んでの話になる。不思議な形だ。

先生は、一冊ずつ取り上げ、ポイントとなるところを具体的に教えてくれる。グラビアになる本についての説明が終わった後、

「……これは大正十五年の本、……芥川龍之介《あくたがわりゅうのすけ》の随筆集『梅・馬・鶯』だ」

今回の文芸特集に合わせ、エッセイも書いてくださった。そこに出て来る。

本の函《はこ》から随筆集を抜き出してくれる。いかにも古めかしいので、自分でやれといわれたら怖い。傷つけたら大変だ。

厚い本の表紙は布。味のある略画で、題名の通り、上に馬、右に鶯、左に梅が描かれている。そして中央に、ひらがなが並ぶ。《うめ　うま　うくひす》と。

「佐藤春夫《さとうはるお》の装丁だよ」

よく分からないが、聞くだけで、何となくありがたい。

渡されて開くと、見返しはつやつやした特別な紙だった。そこに白い植物が散っている。めくった扉は、袋綴じになった紅色の薄紙。おそらくは函に貼られた紙と同じ色あいなのだろう。しかし、箱入り娘のように外に出ていなかっただけに、こちらの紅は、今、生まれたように、鮮やかだ。

縦横に線が引かれ、枠の中に《芥川龍之介随筆集宇女宇末宇久比寸新潮社版》という二十の文字が、ひとつひとつ収まっている。将棋盤の目に置かれた、駒のようだ。

「この先に、芥川の言葉が眠っているんですね」

しみじみ、そういいたくなる。

「本というのは、やはり味わいのあるものだろう」

ただ情報を伝えるだけの道具ではない。

「……これに《人物記》が入っているんですね」

原島先生が、マスクの白を縦に動かした。頷いたのだ。指が、本に挟まれた薄紙の栞《しおり》を指さす。

開くと、《恒藤恭氏《つねとうきょう》》。《恒藤恭は一高時代の親友なり》と、始まる。几帳面にして、謹厳《きんげん》なる秀才が見事に描かれている。だが、先生が注目したのは、彼と正反対の人物として、白を際立たせるための黒のように登場する、別の同級生——豪傑《ごうけつ》だ。

恒藤も詩を作った——という後に、こう書かれる。

「教室の机によれば何となく怒鳴つて見たい心地するなり」と歌へるものは当時の菊《きく》池《ち》寛《かん》なり。

「どうだね」

と、先生。美希は、

「笑っちゃいますね。《菊池寛、本当に、こんな短歌、作ったのかな》という気になります」

「そうだろう?」

先生が、今度のエッセイに、そう書いていたのだ。

3

「何というか、——あまりに乱暴な啄木《たくぼく》調のいただきだ。作品は、作った人を語る。となれば、これは、学生時代の菊池を、実に見事に語っている。——うまい似顔絵は、写真以上にその人らしい」

恒藤恭のような真面目な秀才もいれば、こんな歌を作る男もいる。対比の妙だ。

そこで先生は、これを、

――芥川の悪ふざけではないか。

と思った。

広く知られるように、芥川は実際にはない書物について、まことしやかに書き、専門家を惑わしたことがある。驚いて、

――ぜひ、その本を貸してくれ。

と懇望《こんもう》したら、

――あれはフィクションです。

「芥川ばかりじゃあない。わたしは、ある人が、テーマを理解させようと、実に適切なエピソードをあげるので、感心したことがある。そうしたら後で、《あんなの、嘘に決まってるだろう》というのを聞き、仰天した」

「ははあ」

「まして、菊池は、芥川にとっては、からかってやりたくなる相手だ。《こんな奴だった》というのを、巧みに、ひと筆で描いたんじゃないか。――そう思った」

「そこで、『菊池寛全集』を調べたわけですね」

高松市・菊池寛記念館刊行、文藝春秋発売の、見事な『全集』だ。その二十二巻に菊池の《初期文集》が収められていた。解題に《片山宏行氏の多年の御研鑽》によるもの、

と書かれている。そういう方がいたおかげで、今は、菊池の、学生時代の文章まで読める。

先生はエッセイに、明治四十五年四月の『校友会雑誌』に載った「短歌九首」から三首を引いていた。

反抗の血潮受けたりその事が身を亡せど狂ひて見たし
我が心破壊を慕ひ一箱のマッチを凡《す》べて折り捨てしかな
教室の机によればなんとなくどなつて見たき心となるかな

「歌は、――実在したわけですね」

先生は、原稿のコピーを眺め、

「そうなんだ。芥川も菊池も功なり名とげてから振り返れば、遠い学生時代のことだ。すっかり同じじゃない。後半が、ちょっと違うから引き写したわけじゃあない。覚えていたんだな。――《いかにも、あいつらしい》と」

「多分、当時、仲間うちの話の種になったんでしょうね」

「そうだろうなあ。……こういうのを読むと、芥川の『侏儒《しゅじゅ》の言葉』を思い出す。《人生は一箱のマッチに似ている》というんだ。その心は《重大に扱うのは莫迦《ばか》々々しい。

重大に扱わなければ危険である》。いかにも、芥川らしい。それに比べると、こちらも、いかにも若き日の菊池寛だなあ。──勿論、実際、ポキポキ折ったわけじゃないだろう。しかし、こういう時の、譬《たと》えに使うのに《マッチ》は、持って来い──だな。吹けば飛ぶようで、しかしその一本が、場合によっては、一都を焼き尽くす種にもなる。そして、昔は誰もが使う、生活の必需品だった。──そういう意味じゃあ、表現の、身に迫る実感も時と共に変わるなあ」

美希も、無論、マッチがどういうものか知ってはいる。しかし少なくとも、この一年、使ったことはない。

「やり場のないいらいら。今の子なら、一本の歯磨きを、《えいやっ》と、すべてひねり出す方が──分かりますかねえ」

4

先生は、芥川龍之介生誕百二十年の時、ある雑誌に、このことを書いた。

昔々の『校友会雑誌』に九首並んでいると、それなりに、菊池の意図が見える。しかし、《教室の机によれば……》と、ひとつだけ抜き出してしまうと、いかにも乱暴者が暴れているようだ。そうする芥川の手つきは、彼らしく、ちょっと意地悪ではないか

――と。

今回のエッセイでは、それに、思いも寄らない続きが付け加えられていた。

先生は、書棚の中から、たまたま、はるか昔に読んだ吉田健一《よしだけんいち》の『舌鼓ところどころ』という本を抜き出し、拾い読みをしていた。そして、愕然とした。「飲む話」という小文にこう書かれていた。

吉田は、《飲むと無暗に人にからみたくなることがある》といい、

教室の机に向ふと何だか怒鳴りたくなる。

これは菊池寛が一高時代に作つた俳句ださうであるが、若い時は教室でもさうなのだから、飲み屋にでも腰掛けてゐれば、なほ更さういふ気分になつても仕方がない。

芥川は、菊池の短歌を少しだけ間違えて引いた。しかし、ここでは何と《俳句》に変形している。それも、五七五の定型ではない。自由律で、季語もない。

ぽんと投げ出したようで、乱暴といえば、こちらの方がずっと乱暴だ。

先生は、眼を細めた。マスクの裏で、苦笑したのだろう。

「元の短歌は、若い啄木を連想したが、こうなると、ふと尾崎放哉《おざきほうさい》の《足のうら洗へば

白くなる》を思ったね」

「おお」

「しかし、《足のうら洗へば白くなる　放哉》といえば納得出来るけど、《教室の机に向ふと何だか怒鳴りたくなる　寛》の方は、どうかなあ」

美希は、頷き、

「吉田健一は、どこでこれを知ったのでしょう」

「菊池と吉田じゃあ、時代が違う。一高の『校友会雑誌』を見てるわけがない。これは芥川の文章の孫引きだろう。吉田の頭の中で、それがさらに変型された。——それにしても、短歌から俳句というのは、何とも大胆な伝言ゲームだ」

エッセイの中で先生は、ここから小林秀雄《こばやしひでお》の『ゴッホの手紙』冒頭を引いていた。


先年、上野で読売新聞社主催の泰西名画展覧会が開かれ、それを見に行つた時の事であつた。折からの遠足日和で、どの部屋も生徒さん達が充満してゐて、喧噪と埃とで、とても見る事が適はぬ。仕方なく、原色版の複製画を陳列した閑散な広間をぶらついてゐたところ、ゴッホの画の前に来て、愕然としたのである。それは、麦畑から沢山の烏が飛び立つてゐる画で、彼が自殺する直前に描いた有名な画の見事な複製であった。尤《もつと》もそんな事は、後で調べた知識であつて、その時は、たゞ一種異様な画面が突如として現れ、僕は、たうとうその前にしやがみ込んで了《しま》つた。

　読ませる。

　この時の《僕は、或る一つの巨《おお》きな眼に見据ゑられ、動けずにゐた様に思はれる》という圧倒的な感銘から、名著が生まれた。

しかし、小林は後に、この『鳥のいる麦畑』の本物を見た時、それから受けるものはあの《複製》から得たものに及ばなかった——と語る。先に見たから印象が強かったのではない。

音楽に譬《たと》えれば、ことは明瞭だ。ひとつの楽譜も演奏家によって、別の音を響かせる。この場合は《複製》こそが、小林の心を衝《う》つ演奏だったのだ。

先生は、そこから、鑑賞の対象が、時に受け手によって変形され得ること、そこにある創作性と豊かさについて、語っていた。

5

先生は、寂しそうに、

「神保町の古書店街にも、顔を出していないんだよ。このことがあるから」

ウイルスのせいである。

「お寂しいでしょう」

「全くだよ。目的があって探すより、当てのないぶらぶら歩きが楽しい。あそこの平台を見て行くと、思いがけないものを掘り出したりする。活字の本とは限らない。――いつだったか、こんなものを見つけた」

水色の表紙の、いわゆるガリ版刷りの雑誌を取り出す。昔の、同人誌のようだ。

誌名を読む。

「……『ＰＨＯＥＮＩＸ60』？」

フェニックスは不死鳥だ。

「そう。昭和四十三年の暮れというから、今から五十年以上、前のものだ。ワセダミステリクラブの機関誌だね。捨てられずに、古書店に出たのはありがたい。まとめて何冊か、並んでいた。――これは、目次に《瀬《せ》戸《と》川《がわ》猛資《たけし》》とあったので、迷わず買った」

「瀬戸川……」

「ミステリと映画を深く愛した人だ。出版社トパーズプレスを興したが、そこから双葉《ふたば》十三郎《じゅうざぶろう》の映画評論『ぼくの採点表』シリーズを刊行した。これが特筆すべき業績だな。評論家としては『夜明けの睡魔』や『夢想の研究』といった、切れ味鋭い著書を残した。――丸谷《まるや》才一《さいいち》が、その才能を高く買っていた人物だ」

「へええ」

「惜しくも、まだこれからという時に亡くなった。その人の、何と学生時代の文章が、これに載っているんだ」

目次を見ると、

映像に表現されたハードボイルド　瀬戸川猛資

とある。

「ロス・マクドナルドを読んでいる――といったろう」

「はい」

「昔、彼の『動く標的』というのが、映画化された。それについて語っている。瀬戸川猛資も、まだ学生だった。読んでごらん。十九、二十の人間が、これを書いている――というのに驚くよ。まだ活字にはなっていないだろう」

半世紀も前の、それもガリ版刷りの同人誌を手にする機会など、まずない。まれな出会いに恵まれたのだ。ありがたく、お借りして拝読することにした。

先生は、それにしても――と首を振り、

「こんな時でなければ、神保町の喫茶店で話すんだがなあ」

「残念です」

「僕が子供の頃、柔道漫画というのが流行った」

「――ほ？」

爽やかな春の風が吹き、それに乗るように話が飛んだ。

「進駐軍がやって来て――、進駐軍って分かるかな」

「アメリカ軍ですよね、負けた時に占領にやって来た」

「そういうことだ。――僕が生まれる前だがね」

「《ギブ・ミー・チョコレート》は、やってないんですね」

先生は、微妙な眉になり、

「まあ、ぎりぎりそうだ。アメリカさんのお達しがあって、日本の武道も一時禁止になった。大っぴらに出来なかった、その柔道が、しばらくして解禁になった。そういう喜びもあったんじゃないかな。――『イガグリくん』や『ダルマくん』なんて柔道漫画が、人気だった。そのうち、ダルマくんの方は確か、東京に出て来て探偵の仕事をする。『ダルマ探偵長』とか、いったな。それに――スペイン風邪が出て来たんだよ。昔の話としてね。あちらの屋根、こちらの屋根の下で、多くの人々が息絶えて行く。子供心に、そんな恐ろしいことがあったのか――と思った。これだけ時が経って、また、その言葉を聞くようになった。――あらためて知ったが、日本だけで、三十九万人も亡くなったんだなあ」

先生は、ふっと視線を上げ、木々を見た。

「――今年も、桜が咲くねえ」

見える範囲にはないが、桜の開花は例年よりも早いようだ。

「はい」

「スペイン風邪は、大正の中頃らしいが、その年も、花は咲き、月は輝いたんだなあ……」

6

先生は、ぽつりぽつりと続ける。

「……平安時代に、大いに流行った『白氏文集《はくしもんじゆう》』……白楽天の詩集だが、その中に《雪月花ノ時ニ最モ君ヲ憶《おも》フ》という一節がある。雪につけ花につけ月につけ、美しければ、共にこれを見たい相手というのがいる、今は、どこかに出かけるのもままならない。家の中で、あれこれ思いをめぐらすだけだがね。実は、流れで吉田健一の文章を、いくつか読んでみた。すると、行きたい所、そこで会って言葉を交わしたい人物が浮かんで来たよ。……行きたいのは……鎌倉だ」

埼玉からでも、しばらく前なら無理なく出かけられた。今は、ちょっと難しい。

「鎌倉で、どなたに？」

「……実朝《さねとも》さんだ」

「は？」

「右大臣源実朝だよ」

「あの――鎌倉幕府の三代将軍ですか」

「うん」

美希の顔が、心配そうになったのだろう。先生は、笑い、

「大丈夫、ぼけたわけじゃあない。こういうわけだ。吉田健一の随筆をあれこれ見て行ったら、『不思議な国のアリス』というのがあった」

「『不思議の国のアリス』じゃないんですか？」

「これでは『不思議な――』と書いている。昭和二十五年一月に発表されたものだ」

先生は『吉田健一集』というエッセイ集を取り出し、開いて見せる。『アリス』を語るのに、色々な例が引かれている。中に、こんな部分があった。


ここには、イアソン達が金羊毛を求めに行く為に、巨船アルゴを作り、船が重くて水辺まで運ぶことが出来ないので、オルフェウスが竪琴を取り上げてコルキス地方の

景色の美しさを歌ふと、その地方の木材で出来てゐる船は生れ故郷を思ひ出し、独りでに水の方に滑つて行くといふやうな、ギリシヤ神話の即物主義と同じものがある。

先生がいう。

「ギリシア神話は子供の頃に読んでいた。中学生になって、岩波文庫でも読み直した。アルゴ船のことは覚えていた。でも、こんな印象的な部分は、どう考えてもなかったと思う。――びっくりしたから、いくつかの本にあたってみたよ。でも、どの本でも、大きな船を造って海に乗り出した――としか書いてなかった。……それで、とっても悲しくなった」

「どうしてです？」

「吉田健一は、どういう本を読んだんだろう……と思ったんだ。ギリシア神話には、いくつか出会っている。それなのに、こんな魅力的な部分を知らなかった。そう思うと、読めないままに終わる本、見られないままに終わる美しい眺めが、いくらでもある……という当たり前のことが、身に迫って来た。波が寄せるように、ひたひたと感じられた。限りある身だなあ……と」

美希は、肩を前に出し、

「先生、大丈夫。まだまだ、いくらでも読めますよ」

先生の目が、緩み、

「――嬉しいな。明るい日の下で、若い人にそういってもらうと、元気が出るよ」

「よかった。来たかいがありました」

「君は……いい子だなあ」

三十になり、そんなことをいわれるとは思わなかった。《若い人》といわれたのも、そうだ。

先生と、ワンチームという感じになった。

「で、――そのギリシア神話が繋がるんですか、源実朝と？」

時も所も、あまりに違い過ぎる。しかし、先生は、うんうん、と頷き、

「実朝は、兄が殺された跡を継いで三代将軍になった。しかし、実権は北条氏に握られている。完全な操り人形。思い屈することは、いくらもあったろう。――そのうち、いきなり、巨大な船を造って宋《そう》の国に渡るといい出した。人々は、驚き呆れた。将軍様の命令だ。船は、実際、由比《ゆい》ガ浜《はま》で造られた。ところが、出来上がって、皆の見守る中、いざ海に引き出そうとすると、あまりの大きさゆえに動かない。……建保《けんぽう》五年四月十七日、午後のことだ。ついに動かぬまま、夕方になってしまう」

「――アルゴみたいですね」

「そうなんだ、まさにそうなんだよ。結局、計画は大いなる徒労に終わった。巨大な船

は、そのまま浜辺で朽ち果てて行く」

「うわあ」

崩れかけた影が見えるようだ。

「知っての通り、実朝はやがて鶴岡八幡宮の社頭で暗殺される」

天下の将軍となっても、かなわぬことの多くを抱え、最期の日までの、時の階段を上って行ったのだ。

そこで閃いた、先生が、鎌倉に行きたいわけが。

「……あ、そうか。実朝さんに、アルゴの話をしてあげるんですね」

「そうだよ。鎌倉に行き、今なら桜の咲く下で、実朝さんと二人でね——」

「差しつ差されつ——ですか」

「うーん。酒は、医者にとめられてるんだが、——実朝さんとなら、すっきりしたドイツワインのやり取りでもしようかな」

「そうしましょう、そうしましょう。実朝さん、——わたしも、宋の材木を使えばよかったな、なんて、微笑むでしょう。——そうして船が出来たら、あちらの国の琴をひかせてみるんだ、って」

先生と実朝さんを、雪のように散る桜の花びらが包んで行く。朽ちたはずの船がよみがえり、そして、静かに、静かに動き出す。

# 7

リモートワークが始まった最初のうちこそ、——人に会わないって、楽だなあ。

と、思った美希だ。

しかし、それが続くと弱いパンチをじわじわ受けるように参って来る。例えば、

——原稿が来なくってさあ。

といった、ありふれた愚痴も、口に出せ、聞いてくれる耳があるのは、体にいいのだ。

出勤は次第に減り、緊急事態宣言が出るともう、一日中会社にいることなどなくなった。《お当番さん》を決め、午前と午後で交代する。当番は、在宅勤務の仲間に代わり、会社にいないと出来ないことを行う。

仕事を依頼する者は、《誰が何をしてもらいたいのか》が、誤りなく伝わるよう細心の注意を払う。依頼者も受け手も、神経を使う。

担当でないと分からないことは、やはりあるので、夜だけ数時間、出社したりもする。

そういう時、迷うのは、

——化粧の必要は、あるのか？

だ。

社内に人は少ないし、顔はマスクで隠れている。ほとんど、すっぴんで出かけたが、これは楽だった。

――男はいいなあ。

と、思う。

夜食をとる時は、さすがにマスクをはずす。美希が稲荷ずしを食べていると、遠くから、

――のり、あるー？

という声。とっさにマスクに手を伸ばし、

――あ、これ稲荷ずしなんですよー。

と、答えていた。

無論、《糊、ある？》だったのだが、すっぴんを不意打ちされ、思わず、うろたえてしまった。それはとにかく、《糊、ある？》でも《海苔、ある？》でもいいから、職場には人がいた方がいい。

真夜中近くなると、フロアに美希一人ということもあった。空調の音だけが、広々とした空間に単調に流れ、かなり不気味だった。ホラー映画の登場人物になったようだ。はるか下の方で、エレベーターの開く音が《ピンッ》と、妖精さんが妙な楽器でも鳴らしているように響いて来るのも、落ち着かなかった。

人の存在のありがたさを思い知る。

思いがけない変化もあった。在宅時間が増えたので、自炊の食材を買い過ぎ、あまらせてしまった。

作るとなると、創作意欲をかき立てられる。そこで通販の食器を色々買ったりもした。増えたそれも、食材同様、有効に使われたとはいえない。

残念である。

会食やパーティがなくなったので、読書の時間は増えた。作家さんにいわれて、課題図書になっていたのが、ロス・マクドナルドの作品だ。ハードボイルドの古典らしい。

五十年ほど前、まさにその作家が現役であった頃、若い瀬戸川猛資が書いた文章も、原島先生のおかげで、読むことが出来た。

大学のクラブの機関誌に載った原稿だが、手書きの文字がそのまま印刷されている。となれば、これが瀬戸川の自筆なのだろう。

そう思うと、書く手が見えるようで、親近感が湧く。

## 8

文章は、瀬戸川が、神保町の古書店で、洋書の山に手を伸ばしているところから始まる。『HARPER』という背表紙にぶつかる。作者は、ロス・マクドナルド。

そこで、瀬戸川は首をひねる。

はて、'Harper'などという作品が、ロス・マクにあったかしらん、いや、なかった。ひょっとしたら、新作かも？　だけど彼の未訳の作品は'The Far Side of The Dollar'と'Instant Enemy'しかないし、その次の奴がまだ出る筈はない。

胸をときめかせながら抜き出した表紙には、ポール・ニューマンの写真。

――なあんだ。

と、がっかりする。ロス・マクドナルドの『動く標的』が、数年前、映画化されていた。主演がニューマン。

主人公の名は本来、リュウ・アーチャー。ところが、どういうわけか、映画では《アーチャー》が《ハーパー》になっていた。それに従って、出されたバージョンなのだ。

結局、買わずに家に帰って来た。ところが――である。

一週間ぐらいたった日の夜、風呂に入って、何となくそんな事を考えていたら、あのポール・ニューマン主演の映画が、素晴らしい傑作だったのを想い出し、傑作だ、

傑作だ、と口のなかでつぶやいていたら、やがて居ても立っても居られぬ程、興奮してきて、仕方ないからこの文章を書くことになった。友人によると、こういうのを、心理学の方で、「記憶の美化作用」というんだそうだが。

文章の中に、若い瀬戸川猛資が生きている。瀬戸川は、この映画『動く標的』が《我々が普段、何気なく口にし、時には論議の対象ともなる「ハードボイルド」ということばを、実に見事に映像に置き換えた》作品だという。それまで、《ハードボイルド》という概念を映像化した作品としては、ジュールス・ダッシンの『裸の町』があげられていた。あげたのは都筑道夫《つづきみちお》。その伝説的評論『彼らは殴りあうだけではない』の中で、都筑はいう。

あの映画の最後に、警官に追われた犯人が、ブルックリン橋の鉄骨の上に逃げのぼるところがあります。絶望した犯人はオロオロと下界を見まわします。遥か下のテニス・コートでのどかにゲームを戦かわしているひとのすがたを、犯人のすがたとともに、カメラは捉えていました。

ほんの短いカットですが、津村秀夫《つむらひでお》氏も激賞しておられたように、見るものの胸に人間存在の切なさを、そつけないだけにいつそう鋭く感じさせる場面でした。あれがハードボイルドです。

実に見事だ。
しかし、瀬戸川は『動く標的』の《ラストシーンは、これを凌ぐ傑作ではないか?》と語り出す。
まず、役者それぞれについての愛情溢れる論評がある。
ポール・ニューマンの主役には異論もあろう。ではアーチャーにふさわしいのは誰か――などというところは、ミステリファンであり映画ファンなら、思わず身を乗り出すところだろう。

真のリュウ・アーチャーを演じるのに、ぴったり当てはまる役者は、現在見あたらないようだ。ウォルター・マソーのどっしりと落ちついた、が、ユーモラスな風格に、マックス・フォン・シドーの冷徹な知性をたして、二で割ったような役者というのが、僕の持論である。

映画についての、詳しい考察があり、やがて、《前半最高の素晴らしい場面》について語られる。

よく注意して見ていないと、全くありふれたアクション場面として、見逃してしまいそうな箇所なのだ。

ハーパーが大金持の失踪事件を調査して、しだいに深みに達して行くと、敵の一味に巨大なトラックで轢き殺されかけるシーンである。

スクリーン一杯にトラックのヘッドライトが光って、あやうく殺されかけたハーパーが逆襲にでる。パッと起き上がると素早くトラックの運転台に飛びつくのである。それにあわせて、画面には、勇壮な行進曲《マーチ》風の音楽が流れだす。さあ、反撃だと思った途端、他愛なくもハーパーは運転席の男に拳銃か何かで殴られ、ブザマに道路の上へ落っことされる。トラックはそのまま、行ってしまう。

ハーパーが転げ落とされた瞬間に、画面に流れ始めた勇壮なメロディーは、バチッとぶった切れるようにとまってしまい、画面は道路上に倒れたポール・ニューマンの苦痛に歪んだ表情のアップ。そこに漂うのは英雄的《ヒロイック》な行動のみじめな挫折感と、どうしようもない空虚感。

ハードボイルドの探偵は、絵に描かれたスーパーマンではない。《この映画は、その英雄的行動のみじめな敗北を、音楽の鮮やかな効果によって「あっけなさ」ということの中に見事に、描き出してのけたのである。この「ブッタ切れによる行動の挫折の表現」という手法は、ラストシーンにも鮮かに集約している》——となる。

最後の場面だから、当然のように、探偵と犯人のやり取りになる。

——この後、『動く標的』の犯人に触れます。未読の方は、ご注意ください。

という注が、必要なところだろう。

9

で、結局、——《真犯人は、ハーパー（アーチャー）の親友の弁護士なのである。／ハーパーが事件を追って、至る所で、さんざんこづき回され、悪戦苦闘したあげくに達した所が、親友の弁護士を逮捕せねばならぬ、ということだった。だが、ここで、彼は意表外の行動にでる》。

意表を突く、か、予想外の、かとも思ったが、『大辞林』を見たら《意表外》という言葉も出ていた。

それはさておき、探偵として、真相を明かしに向かう時、主人公はいう。

さあ、これで歩いて行く俺を後から射ってくれ、と言って拳銃を渡す。

弁護士は、口の中で、ブツブツとそんなことは出来ないとつぶやきながらも、オズオズと拳銃を取り上げる。それから、手を震わせながら、車から乗り出し、サンプスン家の門へと歩いて行くハーパーの背中へ向って拳銃の狙いをつける。

ここまで、見ても我々観客は、まさか弁護士が拳銃を射つ筈はないと安心しながら見ているが、やがて、弁護士の指が引金にしっかりとかかり、サスペンスが高まり始めた時、これは、ひょっとすると、射つかも知れないぞ、と恐ろしさを感じながら、思わず椅子から、身をのり出す所だ。やがて、引金はますます強く引き締められ、ハーパーが家の門に到達するにはあと数歩。一歩ごとにサスペンスは高まって行く。

画面は、真正面から、手前にハーパーを、遠方に、車の座席からのり出して銃をかまえている弁護士。

やがて、ハーパーが門の前に達した時、遂に、引金がひかれて、ズドン、と手に汗を握った瞬間に、弁護士はガックリ、肩を落として、「やっぱり出来ないよ」と弱々しげにつぶやく。

ハーパーが弁護士のことばに、「よせやい」とため息をつきながら、言った途端、そのままの形で、パッとストップモーションがかかって、THE END、もう幕がしまりかかっている、とこういうわけ。

《ハーパーは何を好んで、生から死へと歩もうとしているのだろうか？》と、瀬戸川は問う。

## 10

さんざん苦労した揚句に到達した真相がこの様なものであった、ということ自体に押え切れない程の怒りを感じたのであろう。ひいては、それは、この事件全体に、そして、自分が生き続けてきた社会に対して、何故、この俺が、自らの手で親友を捕えねばならぬのか、という矛盾に対する怒りなのだ。

だが、友の指は引き金を引かなかった。

俺は、これからまた生き続けなければならない、という人間の生の重みが、どっとのしかかってくる。それを、彼は「よせやい」ということばでまぎらわしたわけだ。そして、その生の重みを一杯にたたえた、そのままのショットで、画面は止まり、エンド・マーク。

映画の切れ味もさることながら、語る論者のそれにも舌を巻く。原島先生にいわれた通りだ。これを書いている瀬戸川猛資が、まだ十九か二十の学生なのだ——ということに驚く。

月並みな言葉だが——感銘を受けた。となると美希には、それを伝えたい相手がいる。中野にいる父親だ。

時間の余裕は出来たのだが、同じ東京都内とはいえ、都心を歩き、電車にも乗っている自分が、訪ねて行くのは気がひける。万が一にも、ウイルスを運び込んではならない。

パソコンなど全く苦手な父親だが、高校教師だ。リモートの授業もせざるを得なくなっている。四苦八苦しながら、何とかやっているようだ。

必要が、人を進化させる。

おかげで学習した父と、自分のマンションにいる美希と、画面上でのやり取りを交わせるようになった。

そこでまず、菊池寛の短歌が、芥川龍之介、吉田健一と繋がる伝言ゲームになった件。このあたりは、父の好物だ。撒《ま》き餌《え》のつもりで投げかける。案の定、ぱくりと食いついて来た。

続いて原島先生との話を、そのまま伝える。古書店の話題になり、半世紀も前の学生のサークル誌『ＰＨＯＥＮＩＸ』を貸してもらえたこと、それに、評論家瀬戸川猛資の若き日の文章が載っていること――を話した。

「神保町って、本当に、色んなものがあるのね」

「そうだよ。出会えるかどうかは、時の運だ。お父さんも、落語ファンの出してる同人誌を見つけて、買ったことがある。活字になってるものと比べて、いかにも、《掘り出し物》って感じがしたなあ」

映画『動く標的』について論じられているのだ――というと、

「ああ。監督はジャック・スマイトだ。それなら、――録画してある」

「へええ」

「何年か前にやった。すぐには観ない映画でも、気になると録っておく。虫が知らせたんだなあ」

色々な番組をこまめにチェックしている父だ。大阪と神奈川に、学生時代からの友人がいて情報交換をしている。その人達が、かなりの映画好きで、

――これは、録りにがしちゃあ駄目だぞ。

と、いってくれる。

何年も前、ＮＨＫで『狩人の夜』という伝説的映画が放映された時には、

――よくやってくれた。凄い凄い。

と、盛り上がっていた。

父は、ダビングした『動く標的』を送るから、美希からは瀬戸川の文章のコピーを送ってくれ――という。紙の上の文字でないと、読む気になれないのだ。というわけで、物々交換。

四月も下旬になった頃、ＤＶＤが届いた。ようやく、問題の映画『動く標的』を観た美希は、何度か首をひねり、瀬戸川の文章を読み返し、そして納得した。

――なるほどなあ！

中野の父も、コピーを手にし、同じ気持ちになっているだろう。

## 11

仕事が一段落した。そこで、リモートで父と話す。

いくらやっても慣れないらしい父は、落ち着かない感じだ。借りて来た猫というが、パソコン画面中の父もそういう感じだ。

美希自身、リモートの会議など、うちにいるのだから楽かと思うと、そんなことはない。妙に疲れるのだから、父などなおさらだろう。

美希がいう。

「原島先生の頭って、こちらに見えないような回り方、するのね」

すぐに、意味が分かったらしい。

「それがまあ、創作者ってことだろう。思いがけないジャンプがなかったら、つまらない。まあ、先生も――常人じゃあないわけだ」

いつだったか、菊池寛を巡るネクタイの話で、その飛躍ぶりを見せられた。父が絵解きをしてくれた。

「今度の謎は、瀬戸川猛資の映画論がどうしてここに出て来たか？――ってことね」

「そうだなあ」

――ロス・マクドナルドを読んでいる。

と、美希がいったから――ただそれだけだと思っていた。しかし、それにしては、半世紀も前の、それも小説ではなく映画についての、しかも学生の文章というのは、離れ過ぎている。

「お父さんも、映画を観て、コピーを読んで、――それで納得した。ようやく原島先生の考えに追いつけたよ」

「要するに、伝言ゲームの創作性――ってことね」

「そうだろうな。優れた鑑賞者は、自分の中に価値ある物語を作りあげる。――特に、昔の映画は、それを呼ぶ表現形態だった。映画館で観る画面は、目の前を流れて行く。

後戻りは出来ない。その一回性が尊かった。だからこそ、観客は引き付けられ、没入して観た。『徒然草』にあるだろう。弓を習う初心者は、二本の矢を持ってはならない。ただ一本の矢を持ち、これしかないという気持ちで、的に向かわなくてはならない」

「うん」

教科書にも出て来る、有名なところだ。

「客は、流れ去った画面の記憶を嚙み締めながら、映画館を後にする」

「要するに、観客席で《おやっ？》と思っても、止めて、戻したり出来ないってことね」

画面の父が、にこりとし、

「お前も、やったな」

美希が頷く。似た者親子になる。

瀬戸川の文中、ポール・ニューマンが悪人に立ち向かい、あっけなくやられてしまうところ。勇壮な伴奏音楽がいきなり断ち切られ、ニューマンの歪《ゆが》んだ顔のアップになる――と書かれている。

まことに印象的だ。そこになった時、美希は、文字通り、手に汗握る思いで画面を見つめた。ところが、――音楽は、途切れたりしない。

映画の観方としては邪道――と思いつつ、前に戻し、見返した。二度、三度とやってしまった。その都度、音楽は普通に続いて行く。《ブッタ切れによる行動の挫折の表現》など、ない。

無論、斬新過ぎる音楽手法といわれ、後から別バージョンに直した可能性も皆無ではない。

しかしこれは、あっけない敗北――の印象が、瀬戸川の頭の中に、実際とは違う記憶を残した――と考える方が妥当だろう。

そういう意味では、菊池の短歌が、芥川や吉田の頭に入り、形を変えて出て来たのと同じだ。

「小説を論じるなら、手元に本がある。その部分を読み返すだろう。映画は違った。ビデオもＤＶＤもなかった昔、そんなことは出来なかった。というより、皆、自分の頭の中にある記憶を大事にしたんだな。お父さんの頃、一番、有名な映画評論家といえば、何といっても淀川長治《よどがわながはる》だ。サヨナラ、サヨナラのおじさんだ」

そういう言葉遣いで知られた人だ。美希も、何となく知っている。父は続ける。

「――淀川さんは、チャップリンをこよなく愛した。お父さんは若い頃、淀川さんが、チャップリンの『黄金狂時代』について、テレビで語るのを聞いた。素晴らしかった。映画の画面が目に浮かぶようだった。大いに、感動した。――ところが、後で『黄金狂時代』を観たら、微妙に違うんだな。鮮やかに語られた場面ほど、実際の映画と違っていた。《淀川さんの頭の中には、淀川さんのフィルムが回っているんだなあ》と思った。

――無論、淀川さんぐらいになれば、チャップリンの映画を、繰り返し観ているだろう。それでも、そうなるんだ」

映画と合わせて、淀川さんの話も聞いてみたいと思う美希だった。

「――コピーで読ませてもらった『動く標的』論。熱気溢れる素晴らしいものだ。特に、最後の《よせやい》についての考察は見事だ。あれはまさに、名台詞だなあ。そうなると、どうしても、字幕の名台詞を集めた本に、載っていないかと思う。――和田誠《わだまこと》の『お楽しみはこれからだ』」

「なるほど！」

名著である。確かにそうだ。あれに、引かれるにふさわしい言葉ではないか。

「『お楽しみはこれからだ』のシリーズは七冊出ている。二十年以上かけて、書かれた。いい機会だから、今度、最初から最後まで読んでみた。すると和田は、『PART4』のあとがきで、《ヴィデオ時代》になったことを嘆いていた。シリーズを始めた一九七三年には、《こんな時代がくるとは夢にも思わなかった》という。そして、こう続ける」

父は、静かに読みあげた。

ヴィデオでは巻き戻して繰り返し観たり、コマを止めてディテールを確認することも可能である。ぼくのやり方では記憶違いもあるし、頭の中でいつのまにか変貌していることもある。それを書いて読者から叱られたこともあった。好きなシーンをより美しく記憶に留めたり、面白い物語を頭の中でより愉快に膨らませたりすることもまた、映画の観方の一つであり、ファンの特権ではないかと言ってはいたのだが、こういう理屈もヴィデオ時代では通用しにくくなったかな、とも思う。

ぼくはたった一つの挿入歌のメロディを憶えたくて、あるいは好きな西部劇の中の拳銃の抜き方を確認したくて、映画館に何度も足を運んだ。数秒のシーンをもう一度観るために、三本立の映画館に一日中いたこともある。ヴィデオならこういう手間はかからない。

一方、その手間が楽しい思い出になっている場合もある。便利なことはいいが、それで失っているものもないとは言えないのだ。ヴィデオで繰り返して見て、昔の西部の遠景に自動車が走っているのを発見しても、それが幸せだろうかと思う。

## 12

「大昔の、伝説的名人のピアノやバイオリンを聴いた時、貧しい録音の中から響いて来る、自由さに驚くことがある。現代の、ミスタッチのない演奏が失った豊かさが、そこにある。——和田誠の言葉を読むと、お父さんなんか、大いに共感するところがあるなあ」

父は、脇に置いてあったカップを手に取り、何かを飲む。遠く離れているので、コーヒーなのか、焙《ほう》じ茶かは分からない。

「——何もかも、便利が一番の世の中になってしまった。恋人とも携帯電話で、いつも繋がっている。しかし、連絡が取れず、もどかしがっている間というのが、実はその後の得難い喜びを支えていた。それが思いを、より結晶化させた。——隅から隅まで見えてしまい、何もかも説明されてしまったら、もう思いが残らない。空白の部分、想像する部分が生むものはある。——ミコも今、外に出る時、マスクをしているだろう?」

おかしなところに話が向かう。

「——勿論」

「夜目遠目笠のうち——という、はっきり見えなけりゃ、イマジネーションがそれを補う。人間の創作力というのは、それぐらい豊かなもんだ。ミコの、目だけ見た人は、期待をこめて、どんな美人かと思うよ」

美希は、こぶしをあげ、《失礼しちゃうわ》と古風に怒って見せ、

「——娘だから、まだいいけど職場でそんなことといったら、大問題よ」

プンプンしてみせたが、いわぬが花、知らぬが仏。全ての表現作品に、その意図、何

を受け取るべきかが、明る過ぎる照明を当てるように、《正解！》として、添付されていたら、これほどつまらないものはないだろう。そんなことは、作り手自身にも分からないのだ。

それ以前に、林檎《りんご》はそこにある林檎でしかなく、セザンヌが描いたのは、平面のまがいものということになったら、創作する意味もなくなる。

描き手を通すことにより、さまざまな林檎が生まれ、その中に、よい林檎も悪い林檎もある。——百年の眠りを呼ぶ、毒林檎さえあるかも知れない。

「世界の七不思議、というのがある」

「どこかで、聞いたね。ピラミッドもそうだっけ？」

「お父さんも、すらすらとはいえない。七つある中のひとつが《バビロンの空中庭園》。諸説あって、どういうものかは分からない。屋上に作ったという考えもある。——しかし、もっとロマンチックになると、文字通り、空中に庭園を吊り下げ、東西のさまざまな花々を咲かせたという」

夢のようだ。浮遊する花園。

「それ、いいわねえ。そっちに一票」

「投票じゃあ、決まらないがね。——瀬戸川猛資という人は、特異な発想をした。知り合いの人達の思い出話が残っている。気に入った本があると、身振り手振りをまじえて熱く語る。何とも面白い。傑作に違いない。期待に慄《ふる》えて読んでみると、話ほどではない。《また、やられたよ》と苦笑する。そんな思い出が、楽しく語られていた」

「目に見えるようね」

「そういうところが、思いがけない発想を見せる彼の評論に繋がる。――『動く標的』の名場面が、この世にないものだとしても、それを生み出し、生き生きと語る力は、凡人にはないものだ。評論家としての、貴重な財産だろう。――それなればこその花が、そこに咲いていているんだ」

## 13

「――それで、《よせやい》は、和田誠の『お楽しみはこれからだ』に入っていたの？」

「残念ながら、なかった。映画自体は『ＰＡＲＴ１』で取り上げられる。しかし、拾われた名台詞は、《この世にはあんたみたいな善人がたくさんいる。だから図々しい奴が勝つのさ》だった」

「その《善人》が、犯人になったわけね」

「そういうことだ。――しかし、字幕の場合は、当然のことながら、訳し方が問題になる」

それもまた、元の形と変形の問題になる。父から送られて来たＤＶＤでは、最後の場面が、こういう運びになっていた。

これから真相を明かしに行くポール・ニューマンと、車を運転する犯人。二人は互いの、挫折した人生について語る。かつては州知事を目指した親友。正義の番人を夢見ていたのに、今は浮気の調査をするしがない探偵。ニューマンが《銃は持ってるのか》と聞く。頷く犯人。《じゃあ、着く前に撃つことだ。ドアまで行けなくてもさほど不運でもないさ》。車が停まる。ドアを開け《じゃあな》と、ニューマン。その背中に拳銃を向ける犯人。引き金に指がかかるが、どうしても撃てない。絞り出すように《無理だ》。ニューマンが振り向かぬまま、《無理だな》といって、ストップモーションになる。

「ニューマンが銃を渡すわけじゃ、なかったね」

「そう記憶した、瀬戸川の気持ちもわかるな」

と、父はいい、

「――お父さんの友達は、二人ともかなりの映画ファンだ。『動く標的』なら、若い頃に観ている。昔は《よせやい》だったような気がする――という。確証はない。ちなみに、大阪の友達が録画したやつでは、《駄目だ》《駄目だな》になっていた」

美希は、しばらく考えた。ここも無論、繰り返し、見返したところだ。

「ここは、翻訳不可能だね。《Oh,hell》といってるように聞こえた」

「そうだなあ。こんな羽目になってしまった友達二人。その嘆きと怒り。それが《Oh,hell》のキャッチボールに出ている」

「うん」

「昔の字幕は、昔らしく自由に、かなりがんばっている。前の台詞は分からないが、例えば《出来やしない》といわれて《よせやい》といったところかなあ」

半世紀前、映画館の暗闇の中で、その画面を見つめる、若い瀬戸川猛資の目があったのだ。

## 14

ことの顚末《てんまつ》は、会った時に伝えたい。原島先生への連絡は、すぐにはしなかった。五月になった。夕食後、鎌倉にいる作家さんと、ラインのやり取りをしていると、思いがけず、雲の上に輝く、丸い円の画像が送られて来た。

今年、最後のスーパームーン。五月のそれをフラワームーンというとか、今、まさに。

沈んだ紺色の空に雲が流れ、その紺が海の青のように変ずる切れ間に、夜空の女王がいる。そばの雲が、月の威光を受け、誇らしげにきらめいている。

現代ならではの、画面でするお月見だ。

お礼のメールを返した後、

——鎌倉の月……。

と、思った。

そこで画像を、原島先生に転送した。


先生、今の鎌倉の空です。ある方から届いたものです。雪の時も、花の時も過ぎました。でも、月が輝いています。これを実朝さんからのメールと思って、受け取っていただけませんか。

しばらくして、先生から丁重な御礼の言葉が返って来た。

# 菊池寛の将棋小説

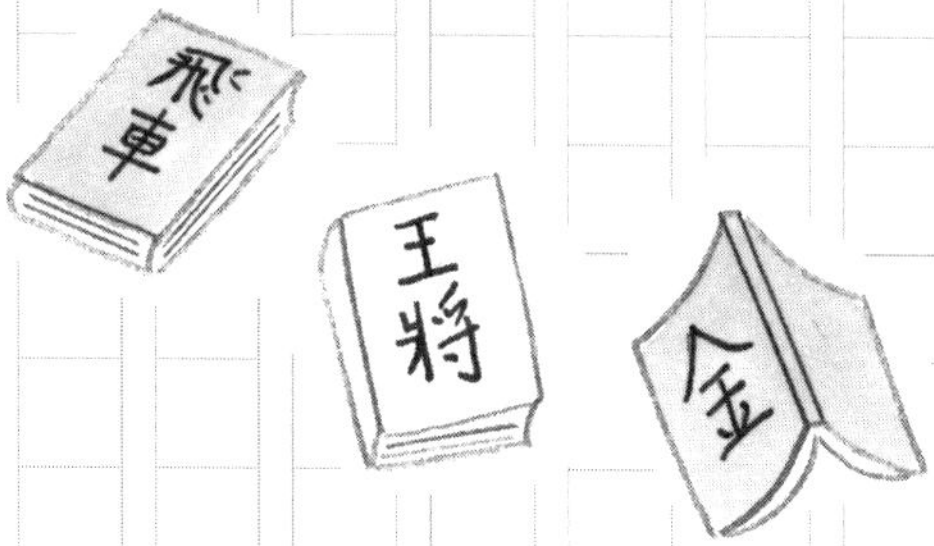

# 1

文宝《ぶんぽう》出版の人口密度も、しばらくはぐっと減っていた。ウイルスの関係である。梅雨時から、次第に出社する者が多くなって来た。顔を合わせないとうまく進められない仕事が、やはり多いのだ。

そんな中で、田川美希《たがわみき》のいる『小説文宝』に噂の風が吹いた。

――丸山《まるやま》さん、そろそろ、代わるようよ。

編集長のことだ。人事についての話は、まずこういう、《ようよ》《らしい》といった形で、ぼんやり流れて来る。

確かに丸山が編集長となって長い。徳川三百年でいえば、幕末という感じがする。大政奉還。

文庫に配属されて二年目の大村亜由美《おおむらあゆみ》が、マスクの上の大きな目をくりくりさせて、興味津々、

「そうなんですか？」

と聞く。無論、美希に分かるはずもない。

「さあねえ」

「丸山さん。移るとしたら、どこ行くんですか？」

「うーん、――カムチャッカ支店かなあ」

そんな支店はない。遠くにいた丸山が、不思議な電波受信機でも持っているように、眼鏡を光らせ、

「何だ？」

顔を見合わせ、《何でも何でも》と手を横に振る二人であった。

美希の方から、

「――ですかねえ？」

と、先輩の百合原《ゆりはら》ゆかりに聞いても、

「分からんにゃん」

と、いなされる。皆に後任と目されているのが、そのゆかりなのだ。

にゃんにゃん言葉を使って、おとぼけだが、実はやることにそつがない。しっかりし

ている。『小説文宝』にずっといるので、仕事がよく分かっている。改めて、引き継ぎをする必要もないくらいだ。

加えてこのところ、担当した本が続けて大きな賞を取っている。実績、重み、共に十分のゆかりなのだ。

正式に内示があったのは、八月になってからだった。やはり、予想通りの異動と昇格になった。

百合原新編集長のところに、何人もが、

「おめでとうございます」

と、祝意を述べに来た。

丸山の方はといえば、文庫部長に栄転である。亜由美が溺れるように両手を広げ、

「あわわ。――上司になっちゃいましたよ」

今度はすぐ後ろにいた丸山が、低く、

「……何が、あわわだ」

といった。

## 2

編集長の大きな仕事は、目次を確定させることである。特集をどうするか、どの作家を起用するかを決める。

ゆかりの場合は、

——みんなでやろう！

というところがある。編集部員たちの距離がぐっと近くなった。

編集長ともなれば、いうまでもなく全ての原稿に目を通さなくてはいけない。そのほかのあれやこれやで、多忙を極める。今までと同じ数の作家さんは、担当出来ない。

ゆかりとの付き合いが長く、

——彼女でなければ……。

という方だけ残し、あとは部下に配分する。誰か一人に丸投げというわけにはいかない。負担と相性を考えて割り振るのだ。

そういうわけで美希にもこの夏から、新しく担当することになったり、代わりに人に譲った作家さんがいる。

かわらないうちの一人が、村山富美男《むらやまふみお》先生。この春に大長編の連載が終わり、ひと息ついたところだ。

美希との縁は、村山先生の趣味のひとつがソフトボールということで深まった。球の大きさこそ違え、大学でバスケットボールをやっていた美希である。体育会系。先生にとって逃したくない人材だ。作家と編集者の対抗戦をやる時など、いろいろな形でお役に立って来た。

ところが今年は、そのソフトボールが出来ない。自粛するしかない。

大御所であり、バットから次々と放つ弾丸ライナーのように、話題作を連発する先生だ。何としても、繫《つな》がりは大事にしたい。

大長編の書籍化が一段落したところで、お電話する。

「いかがでしょう、そろそろ、次回作のご検討を……」

「あれっ。この間、終わったばっかりじゃない、大仕事が」

次の連載が、別の社で始まっている。

「はい。編集部一同、感謝感激でございます」

「強欲だなあ。文宝さんの方は、ちょっと休ませてよ。――ほかに怒られちゃうから」

「そこはそれ、編集長も代わりましたので」

「どこはどれだか、よく分かんないけど」

「丸山にはいただけたのに――と泣いてしまいますよ、百合原が」

「泣きゃしないだろう、あの人なら」

パーティも開かれなくなったので、雑談の機会がない。こういう他愛のない話もまた、大事なコミュニケーションである。

先生は、ソフトボールが出来なくて残念だ――といい、

「逆に、今、世の中で盛り上がってるのは――将棋だなあ」

一人の天才棋士の誕生により、一大ブームになっている。現に、文宝出版でも、スポーツ誌『メンバー』で将棋特集を組んだ。盤上の戦いでも競技なのだから、的外れではない。これが大好評、上々の売れ行きだった。

「あ。……そうですねえ」

ソフトボールのお手伝いこそして来たが、将棋の話をするのは初めてだ。

「田川さんの周りはどう？　原稿待ちしてる編集部なんて、いかにも将棋やってそうだけど」

時代が違う。

「見たことないですねえ」

「うーん。田川さんはやらない？」

「はあ。……あいにく不調法で」

先生には見えないのだが、首をすくめる。

「残念だなあ」

嘆息。球技からギター、将棋――と先生の趣味は、幅広い。

そこで思い出した。以前、先生の古希記念に、野球の試合を企画した。

——いつもソフトボールだけど、本当にやりたいのは野球なんだ。

そういう、先生の願いをかなえての企画だった。その時、相手になってくれたのが——将棋連盟の野球チームだった。村山先生は、そちらに顔がきいたのだ。

「推理作家協会の部活にはソフトボールがあるけど、将棋連盟には野球があるわけですね」

「そういうこと」

「わたしは将棋に詳しくないんですけど、あの時、来られた方の中にも——凄い方がいらしたんですか」

「勿論《もちろん》だよ。あちらのチームを率いたのは、何と九段《くだん》なんだぞ」

「——それって、凄いんですか？」

先生は、美希の無知にうめき、

「昔はタイトルとして十段戦ってのがあったけど、もうない。ま、事実上、今、将棋の山の頂上にいる人たちが九段だな」

そういうトッププレイヤーが、わざわざ来てくれたんだ——と鼻をうごめかしている先生が見えるようだった。この上機嫌をチャンスと思うのが編集者だ。

「それだけ、将棋とご縁があるんですねえ。時もよし。——先生、ここでひとつ、将棋小説、書きませんか」

「ほ？」

「……まずは短編でも」

「うーむ」

まんざらでもなさそうだ。

「先生が書いてくださるなら、うちで将棋特集やりますよ」

「おお」

「スポーツ誌がやったんだから、小説誌も負けちゃあいられません」

「その意気だ」

先生は、文芸と将棋は意外に繋がる——と話してくれた。菊池寛《きくちかん》や江戸川乱歩《えどがわらんぽ》は将棋好きだったという。

「そうなんですか」

「二人とも、将棋連盟から段位をもらってる。ま、名誉段位だろうがな。そういゃあ、現代でも意外な人がもらってるぞ」

「誰です？」

先生は、もったいぶって間をあけてから、

「くまモンだよ」

確かに意外だけれど、

「……人じゃあないですよ」

先生は、かまわず続ける。

「熊本でタイトル戦をやることが多い。だからかなあ」

そういわれると納得出来る。

## 3

編集会議で、

「将棋特集はどうでしょう?」

と提案した。

「それ、いいねえ」

という声が上がった。

タイムリーだし、将棋好きの作家ならいる。それと絡んだ作品もある。書いてももらえるだろう。となれば、特集として成立する。

「それじゃあ、田川ちゃん。まず、今までの将棋を扱った小説なんかの紹介、面白いの、一本考えてみて」

と、いわれた。

「まっかしといてください」

と、自信を持って答えた。美希には、こういう話題なら、

——お願いします。

といいさえすれば、自動販売機にコインを入れたように、たちまち答えの出て来る人がいるのだ。中野の実家にいる父である。

夜になってから、電話してみた。案の定、父は聞かれることを、喉の渇いたところに水を貰《もら》ったように喜んだ。

「うんうん。将棋について書いてる作家なら山ほどいるぞ」

「でもさあ、ただ、ずらずら並べても知恵がないから、何かうまいまとめ方したいんだよね」

「だろうなあ」

そこで父は、ブームだから、そんな特集を思いついたのか——と聞いて来た。美希は、村山先生とのやり取りが発端だといい、将棋連盟の九段率いるチームが、先生と野球対決をしたことも語った。

「そうかそうか」

「何よ。何だか嬉しそうね」

「……ふふふ」

何を笑っているのか分からない。日常の中の謎だ。

「嫌らしい声ね」

「そんなことはない。ところで、将棋がらみで取り上げる作家としちゃあ、まず——太《だ》宰《ざい》はどうだ」

「いいわねえ！　文句なし」

時は流れても変わらぬ人気者、太宰治《おさむ》だ。

「それと並んで無頼派といわれ、座談会をやってる三人組がいる。分かるか？」

トリオ・ザ・ブライ。

「えーと、坂口安吾《さかぐちあんご》かな。もう一人は？」

「オダサクだよ」

「あ。——織田作之助《おださくのすけ》か」

「そうだ」

「そういう略され方をした——ってところで、広く愛されたのが分かるね」

「うん。山風《やまふう》とか柴錬《しばれん》……」

「松潤《まつじゅん》」

「ん？」

分からないようだから、美希は手を差し伸べ、

「キムタクとかね」

なるほどと、ふに落ちたらしく、父は呪文のように続けた。

「エノケン、アラカン、バンツマ……」

時代をさかのぼっているらしい。こうなると、美希には分からない。意思の疎通は難しい。ブレーキをかけて、

「とにかく、太宰、安吾、織田作でまとめるわけね」

「ああ。三人、それぞれ、将棋にかかわる話がある。本ならすぐに出せるぞ。本の写真があると、説得力が増すだろう」

「まあねえ」

書影が使えるかどうかは分からない。しかし、要するに、

――本を貸してやるから、久しぶりに、うちに顔を出せ。

と、いっているのだ。

4

都心を歩いている自分である。こういう時期だ。万が一にもウイルスを運んではならない。そこで実家から足が遠のいていた。

しかしながら父には、パソコンの画面上で見る顔ではやはり物足りないのだ。中野に行くと喜ばれる。マスクをはずさず会話をし、食事をしないで帰って来る。

次の日曜の午後。実家に行ってみた。

十一月だが、今年は割に早く掘り炬燵の準備が出来ていた。美希の来る日が、なかなかないから、覚悟を決めて父母だけでやったのだろう。

――甘やかさなけりゃ、自分でやるんだよな。

と思う美希だった。

向かい合わず、斜めに座り、最近の都心の様子などを話した。

「コミックの影響で、あっちこっちで緑と黒の市松模様を見かけるよ」

主人公が、そういう衣装なのだ。本だけでなく、布地も売れている。

「それなら、お父さんも見たことがある。ウイルスのおかげで消費が冷え込んでいるからなあ。何にしろ、経済が上向くならありがたい」

「マスクにも、その柄のがあるよ」

「ほう」

「浅草の仲見世じゃあ、市松模様の半纏《はんてん》売ってた」

「仕事か？」

「うん。池波正太郎《いけなみしようたろう》先生関係でね、ちょっと行く必要があったんだ」

「そうかそうか。——で、ミコは今、市松模様といったな」

「でしょう？」

「ああ。だけど、市松って何だ」

「え……」

あらためていわれると困る。ちょっと考え、

「……松、かなあ」

「松が、どうしてあの模様のことになる」

「急にいわれても」

「昔は、石畳模様といった」

「それは分かるね」

見たままだ。

「万治《まんじ》・寛文《かんぶん》頃に流行した。つまりは、十七世紀後半」

万治寛文ではなく、ちんぷんかんぷんだ。

「どうして、そんなこと知ってるの」

「面白いと思ったからな。江戸時代の初期だ。事件としては伊達《だて》騒動なんかがあった。面白い——というのは実は、その江戸の昔から、今現在のあの模様の流行が約束されていた——という説がある」

「えー。何、それ?」

ノストラダムスの大予言だ。

「今、話してやる。石畳模様のブームから百年ぐらい経った寛保《かんぽう》・延享《えんきょう》頃、同じ柄が、今度は市松模様といわれて、また大流行した」

「今度が市松？」

「ああ。で、それが何かというと、人の名前なんだ。──佐野川市松《さのがわいちまつ》」

「誰、それ？」

「役者だよ」

「ああ、そうか」

芸能人が、ファッションリーダーになるのは分かる。

「お父さんの子供の頃の愛読書に、保育社から出ていたカラーブックスという文庫本があった。中の一冊が『浮世絵』だ。これに、佐野川市松の絵が載っていた。カラーだから、子供の目に印象深い。まさに市松模様の着物を着ている。説明によると、石畳模様自体は前からのもの。しかし、市松が舞台で使って、一世を風靡《ふうび》したんだな。

頃、ミコが小学生のお父さんに《こういう模様の名前は、どういうわけで付いたの？》──あのと聞いてくれたら、《そりゃあ、役者の佐野川市松からですよ》と即答してやったな」

「いじめてやりたくなるね」

5

「で、それからまた時が流れて、十九世紀に入る。江戸末期文化年間の末、市松模様の三度目の流行があった。――さらに二十世紀になって明治時代。日露戦争の後、実に四度目の流行があった。今度は、元禄《げんろく》模様といわれた。どうやら三越《みつこし》が仕掛けたらしい」

「やるもんだね」

「歴史は繰り返す。そういうわけで、平出《ひらで》鏗二郎《こうじろう》という人が、《この次には明治百二三十年頃に、またこの市松模様の流行があるだろう》と予言しているんだ」

「へえー」

「森銑三《もりせんぞう》の『落葉籠《おちばかご》』という本を読んでいたら、出て来たのさ。《平出氏の予言が当るか当らぬか、ここにその受売をして置くこととする》。こう書かれている」

「そのまた受け売りをするわけだ」

父は頷き、

「時期的には、無論、少しずれるが、二十一世紀の初めに市松模様の流行あり――というのが、すでに予言されていたわけだ」

何かに操られているような、不思議な気持ちになる。父は『落葉籠』の文庫本を見せ、

「そこで思うのは、人の営みとはこういうものだ——ということだ。時を経てはまた繰り返される。冬の後に春が来るようにね。——困難な時期というのは歴史の中に何度もあった。そしてまた、新しい時が芽吹き、花が咲く」

といって、父は、その本を脇に置いた。

今回の将棋の件で、実はもう一度この『落葉籠』が登場することになろうとは、まだこの時、美希も父も知るわけがなかった。

さて、父は続いて、厚めの一冊を取り上げる。

「本題に入るぞ。まず、太宰で将棋といえば有名な一場面がある。これに出て来る」

檀一雄《だんかずお》の『太宰と安吾』。

「——沖積舎《ちゅうせきしゃ》の本だ。表題通り、親しかった太宰と安吾についての文章をまとめたもの。元は虎見《こけん》書房というところから出たらしい。これに『熱海行』と『「走れメロス」と熱海事件』という文章が収められている。『メロス』があまりにも有名だから、この件は、テレビ番組で取り上げられたこともある。だから、比較的よく知られているだろう。——戦前の話だ。太宰が熱海に行ったまま帰って来ない。迎えに行ってくれといわれた檀が、金を預かって出掛ける。太宰は喜ぶが、檀を連れてたちまち高級料理屋に行く。目の前でてんぷらを揚げさせる。お勘定となって《私はさっと青ざめたが、さすがに太宰の血の気も失せてゆくようだった》」

「いくらになるなんて考えないんだね。困ったもんだ。助けのお金を貰っても、熱湯に氷のかけらを入れるみたい。あらら、という間に溶けてなくなる」

「後はもう、毒食わば皿までだ。ミイラ取りがミイラになるというやつで、檀も一緒に飲み食いし、時が経っていく。太宰が《こうしちゃいられねえ》という。おっ、金策か——と思ったら、また酒だ女だ。いくら何でも、さすがにどうしようもなくなった。太宰は意を決して《菊池寛の処に行ってくる》。檀が人質として残る。『メロス』でいえば、セリヌンティウスの役回りだ。二、三日で帰って来るといったんだが、——日本のメロスは一向に戻らない」

「太宰らしいねえ」

「宿屋や料理屋もたまりかねた。とうとう、檀に付き馬がついて、東京まで太宰探しに行く」

「——付き馬っていうのは、金を払えない奴の見張り役だね」

「その通り。まず、清水町の井伏鱒二《いぶせますじ》のところに行った。太宰なら、いるという。やれ、嬉しや。それにしても、どうしたんだろう。《ああ、檀君》という声が聞こえたので障子を開けたら何と、太宰は井伏と——何をしていたと思う」

「——将棋?」

## 6

「そうなんだ。かっと頭に血の上った檀が怒鳴る。太宰はおろおろ、指も震え出す。井伏には、何が何だか分からない。一段落し、二人だけになったところで、ようやく太宰が低くいったそうだ」

「何て？」

「《待つ身が辛いかね、待たせる身が辛いかね》」

「……うーん。まあ、名台詞かなあ。ほかの人にはなかなかいえないね」

「檀は『熱海行』に書いている。《私は後日、「走れメロス」という太宰の傑《すぐ》れた作品を読んで、おそらく私達の熱海行が、少なくもその重要な心情の発端になっていはしないかと考えた》」

「だけど、こっちのメロスは走らない。将棋を指していたわけね」

「こういうところから、テレビでは『走れメロス』は、こうして生まれた――なんてやっていた。番組としちゃあ、そうでないと面白くない」

「うん」

「しかし勿論、檀の頭にそんな考えがちらりとよぎったというだけだ。『「走れメロス」

と熱海事件』の方では、《「熱海事件」を、「走れメロス」という作品が生まれた原因であったなどと、私は強弁するような、そんな身勝手な妄想も意志も持っていない》と、はっきりいっている」

「でも、面白い」

「そうなんだ。だから、将棋の話の出だしとしたら、これあたりがいいんじゃないか。何しろ、役者がいいからなあ」

「そうだねえ」

「次は、織田作之助だ。太宰の将棋の腕前は判然としないが、織田の方は正真正銘、ちゃんと指す」

「そうなの」

「ああ。何しろ新聞社の企画で、当時の人気役者月形龍之介《つきがたりゅうのすけ》と対戦、棋譜が大阪日日新聞に連載されたんだ。力がなかったら、そんなこと出来ないだろう」

「勝ったの」

「勝敗は時の運だが、まあ、勝っている。——ミコは、織田作を読んでるか?」

「えへへ。胸を張って、読んでるとまではいえませんね」

「どこまでならいえるのかな。——お父さんは、大学生の頃、昔、中央公論社から出た『織田作之助選集』を開いた。『文学論』にある『ジュリアン・ソレル』の一行には、痺《しび》れたな。——さすがに、ジュリアン・ソレルは知ってるだろうな」

「『赤と黒』だね」

スタンダールだ。主人公ジュリアンは閉塞状況の中で上を見、出世を夢見る野心的青年の代名詞になっている。

「うん。彼は野心家だが、それ以上に大事なものを持っている、自尊心だ——と語られる。この一点で精神の貴族だ。うようよいる貴族たちも野心は持っている。だが、身分こそ高くても、実は俗衆だ。織田はいう。——《彼等は人生の昇給をねらひ、ジュリアンの懐中にはつねに人生の辞表がひめられてゐる》」

「わー、格好いい」

「だろう、だろう」

と父は嬉しそうだ。表情が、若くなっている。

7

「こういう一行——若い読み手が一度読んだら生涯忘れられない一行を書けるというのが、織田の凄さだなあ」

「で、将棋といえば？」

「うん。関西人だから、織田は坂田三吉《さかたさんきち》に魅せられた。大阪の坂田といえば、映画になり、舞台になり、テレビドラマにもなったから、昔は皆、知っていた。字も満足に書けないのに将棋は天才という、破天荒な人物だった。老境に達し、将棋人生の集大成ともいうべき一戦があった。当時の第一人者、木村義雄《きむらよしお》八段との対決だ。ところが、この一世一代の場で、坂田はまず端歩《はしふ》を突いた」

将棋の出来ない美希には、意味が分からない。

「それは、おかしな手なの？」

「セオリーにない、あり得ない手だ。要するに、無駄なんだな。日本中が、あっと驚いた。しかし、若い織田はこれを知って心を慄《ふる》わせた。感激した。ひと言でいえば《阿呆な手》だ。しかし、誰もやらないことをやった。結果、当然のように坂田は惨敗する。だが、それこそ《青春の手》だと、織田はいう。そこに権威だの決まりだのにとらわれない姿、あるべき創作者の姿を見たんだな。このへんのところは、織田の評論や小説に何度も出て来る」

「はあ」

「だからまあ、そっちは人にまかせて意表を突く。——『郷愁』なんて短編をあげるのも面白いだろう。岩波文庫の短編集に入ってるぞ」

「将棋が出て来るの？」

「自分の小説の書き方を、詰将棋の作り方に譬《たと》えてる。ほかの誰にも書けないぞ。その趣味がなければ決して出て来ない発想だから、面白い」

そこで、父は厚いちくま文庫を取り出す。『坂口安吾全集　7』だ。

「続いて安吾だが、これは角川文庫で表題作にもなっている『散る日本』なんかをあげるのが当たり前だろうなあ」

「小説なの？」

「いや。塚田《つかだ》正夫《まさお》八段が無敵の木村名人をついに破った対局の、観戦記だ。安吾はほかにも将棋の観戦記を書いている。どれも読ませるものばかりだし、時代と切り結んだ彼らしい文章だ。しかし、ここでは縁というかな、せっかくミコがああいったのだから――」

「わたし、何かいった？」

「いったじゃないか」

と、父は『安吾全集』の目次を見せる。こういう作品名があった。

――九段

8

「えっ、え？」

――そんなのあるの？

と、びっくりした。

「野球の試合に、九段が来たんだろう」

「そうだけど……」

「将棋の世界で昔は九段を名人とした。しかし、碁には名人以外に九段がいたんだ。将棋のトップが八段では同じ盤上の競技なのに、扱いに差が生じる」

「宿屋に行って、出て来るお菓子が違うとか」

「まあ、分かりやすくいえばそんなところだ。そこで読売新聞が、九段をかけての将棋トーナメントを考えた。棋士たちもその名称に魅力を感じ、盛り上がった。これは、その時の話だ」

「ははあ」

「タイトルを取ったのが、後の大名人、歴史に残る大山康晴《おおやまやすはる》」

美希には分からない。

「ふーん」

「めでたく、栄えある大山九段となった彼が上京し、小石川にある《もみぢ》という旅館に泊まった。その時、着替えに出す浴衣を女中さんが間違えた――という話なんだ」

美希は、きょとんとする。

「それって、わざわざ書くようなこと?」

「さあ、そこだ。——実はその前、安吾も《もみぢ》に泊まっていた。そこから、宿の浴衣に下駄ばきで出掛け、泥酔、翌朝、九段《くだん》の待合で目を覚ました」

九段は東京千代田区の地名だ。九段坂があり、上に靖国神社、下ると地下鉄九段下の駅がある。

「——朝風呂を浴びてすっきりしたが、《もみぢ》から着て来た浴衣は大男の安吾にはつんつるてんだった。そこで、出してくれたのが《九段の祭礼用のお揃いのユカタ》。ちょうど、祭りの時だったんだ。大きさが合う。それを着て《もみぢ》に戻った。宿ではそれを洗濯し、押入に入れておいた」

「………」

「その数日後に、大山が泊まりに来たんだ。安吾の係とは別の女中さんが押入を開けたら、洗ったばかりの浴衣があった。何とも思わず、それを大山のところに持って行った。何げなく、それを着ようとした大山だが、宿の浴衣ではない」

いかにも気のきいた、イキなユカタに見えた。

大山はビックリして、腕を通した片袖を顔の近くへひきよせ、やがてその裏をいそいでひッくり返して調べた。

あまりのことに、彼は言うべき言葉を失ったのである。その模様には一目ではそれと分らぬように、いかにも粋な工夫をこらして、くだん、とか、九段という文字があしらッてあるのだ。


「あらまあ」

「《若い大山の胸は感謝の念でいッぱいになり、目がしらがあつくなりそうだった》」

「おもてなし……だ」

「大山はその浴衣を貰い、丁寧に畳んでトランクの中に入れて帰ったそうだ」

「自分のために、わざわざそこまでしてくれた——と思ったらたまらねえ」

「大事なのは安吾が、この百万にひとつの偶然を、単なる笑い話として書いてはいない、ということだ。結びで、これは《人間のはかり知るべからざる天の意志》だといっている。物事をどう受け止めるかは、人さまざまだ。安吾にこういわれると、笑った後にふと厳粛な気持ちになる」

「となると、『将棋特集』のことを伝えた時、わたしが《九段》といったのも、《天の意志》かなあ」

そういうことを信じたい。

# 9

あれこれ聞けた。このあたりのことをまとめたら、百合原編集長も、にゃんにゃん喜んでくれるのではないか。

本を借り、美希は帰る支度にかかる。

「一緒に、夕飯でも食べたいがなあ」

マスクの上の父の目が寂しげだ。外来者である自分と話すので、美希がマスクをさせたのだ。勿論、自分もそうしている。

引き留めるためでもないだろうが、そこで父がいい出した。

「今度が『将棋特集』なら、その道に詳しい人たちとも会うんだろうなあ……」

「まあ、そうなるでしょうね」

父は、それなら——という顔になり、

「……いつも、ミコが問題を持って来てお父さんが答えてるよなあ」

お世話になっている。

「まあ、そうだね」

「今度は、逆のことをやってくれないか」

「は？」

「お父さんには、将棋にかかわることで、学生時代からずっと抱えてた疑問があるんだ」

「何だか、凄そうだね」

「菊池寛の小説についてだ。――『石本検校』という短編がある」

「……《ケンギョウ》って何？」

「昔、目の不自由な人が貰《もら》った位のひとつ。その最高位だ。落語を聞いてると、検校になりたいと夢見る噺が出て来る」

「……つまり、石本さんという検校なのね」

「そうだ。江戸時代後期の人だ。これが将棋の達人だった。一方に、後世、棋聖と崇められた天才、天野《あまの》宗歩《そうほ》がいた。宗歩即ち、天野富次郎《とみじろう》」

「将棋世界、当時の竜虎かな」

「そんなところだ」

父は書庫から、文藝春秋の『菊池寛文學全集　第四巻』を出して来る。赤茶色の紙箱に入っている。

「お父さんはこれで読んだ。全十巻本。あの頃、菊池のまとまったものといえば、これしかなかった」

「今みたいに、大きな全集はなかったんだね」

頷くと、父はそのページをめくり、

「さて、石本に対し、若き天野は日の出の勢い。この二人が、旗本の前で対決した。ところが石本検校、四戦して一勝三敗と負け越してしまった」

「先輩としては口惜しいね」

「同じ芝に住んでいた石本と天野は、並んで帰る。腹のおさまらない石本は、ついいってしまう。《見える眼で盤面を睨んでいるのと心眼に浮べて居るのとでは、はゝゝゝ何《ど》うしても敵わぬのじゃ》。その言葉に天野も《御一緒に歩いているこそ幸い、盤面なしで心眼で、お相手いたしましょうか》。夜道を歩きながらの、目隠し将棋だ。石本が、天野に先手をうながす」

天野は高らかに云った。

「七六歩。」

「三四歩。」

検校は、勇気《ゆうき》凛然《りんぜん》として答えた。

「二六歩。」

「四四歩。」

「しめた。角道《かくみち》を止めた。」

天野は、心の中で欣《よろこ》んだ。彼は、敵が角道を止めてくれると、いつも指し易い気がした。

「駒の動きが延々と続く」

「四六銀。」

雨はだんだん烈しくなっていた。天野が持っていた提灯の灯は、いつの間にか消えて了《しま》っていた。二人は、半身濡れ鼠になっていることも、提灯の灯が消えていることも気がつかなかった。

「九四歩。」

「さすがに町家の軒先で雨をしのぎ、やんで来たので歩きだす。東の空が白んで来る。石本がうずくまる。敗勢は明らかだ。魚河岸に行くらしい若い衆が駈け抜ける。《七三角ナル》。石本は言葉を失い、うつむいたまま立ち上がらない」

夜が、ほのぼのと明け切って、行手に橋が見えた。天野はそれが京橋であるのに気が付いた。

「石本検校の無念が、惻々《そくそく》として迫って来るね」

「将棋好きの菊池らしい題材だ。半分は棋譜といっていい。その異色さに驚いたよ。お父さんには、将棋は分からない。だが、この無機質な駒の動きの読み上げが、非常にドラマチックなんだな。たたみかけるような迫力がある」

「本当だね」

「ああ。引き込まれて読んだ。……だが、その後に疑問がわいて来る」

10

「二人を呼んで対決させた旗本は《実力五段を有して、玄人《くろうと》にも畏敬されていた市川備中守》と、まことしやかだ。そうすると、こういうエピソードが将棋の世界に残っているのか」

「強い同士が戦ったなんて、いかにも話題になりそうだよね」

「これが剣の勝負で、たとえば武蔵と小次郎なら、いろんな形で話し継がれるだろう。しかし、ビデオテープは残らない。あくまでも漠然としている。ところが、こちらは違う。——ちゃんとした棋譜になっている」

「具体的といったら、これほど具体的な戦いはないよね」

「本当にあったことなのか。しかし、公式の対戦じゃないぞ。夜、歩きながらの将棋だ。棋譜が残るのも変だろう」

「……うーん。そりゃそうだね」

誰かが記録しているわけはない。石本には忘れたいことだろう。名人といわれる天野が自慢げに人に語り、わざわざ棋譜まで伝えた――というのも釈然としない。

「菊池がいくら将棋マニアでも、こんな棋譜まで作り出すというのも考えにくい」

「そうだねえ」

「第一、目の不自由な石本が一人で家に帰るんだろうか。そりゃ、揉み療治をする仕事で、笛を鳴らして歩いて来る人はいたろう。しかし、検校である石本にお供がいないのも不自然な気がする。……一体全体どうなってるんだろう、と首をひねった」

「確かに」

「有名な作品なら今まであれこれ論じられているだろう。しかしこれは、菊池の中でもマイナーな一編だ。――二十何年も前、マガジンハウスから出た北村薫《きたむらかおる》の『謎のギャラリー』という本がある」

父は、朱色の表紙の本を出した。

「――ここに《将棋好きだった菊池らしい作》として紹介されている。《殆ど棋譜で出来ている》珍しい短編で《「四四歩」「五二銀引く」「三四銀」「四二歩打」「二四歩」「同歩」「二三歩」「一二飛」「二九飛」》という運びの意味が分からなくとも《そのリズムから戦いの波のようなものが、ひたひたと感じられ》ると書かれている。これは後に『謎のギャラリー　名作博本館』という題で、新潮文庫にも入っている。――『石本検校』に言及されているのは、まあ、この本ぐらいじゃないか。ほかの人が語っているのを見たことがない」

「うーん」

長年、抱えている疑問だという。解決してあげられたら今までの恩返しになる。

# 11

自分のマンションに帰ると、パソコンに向かった。

論文検索サイトを開き、《石本検校》と入れてみた。

父が数十年、解決出来ず、悶々として来た問題だ。ところが何と、――たちまち答えが出てしまった。

論文があったのだ。

「石本検校」の世界
――菊池寛の将棋――

筆者は、西井弥生子《にしいやえこ》さん、本学博士後期課程満期退学とある。本学とは青山学院大学だ。

実によく調べてある。

幸田露伴《こうだろはん》が「将棋のたのしみ」について語った文章中に、石田検校や石本検校の名が出て来る――などと、次々に色々なカードが広げられる。こういうところは父好みだ。

短編『石本検校』中の将棋について、具体的に検討したところで、父と同じ疑問が提示される。この棋譜が実在するのかどうか、だ。だが残っている天野と石本の対戦譜は二局のみ。そのどちらでもないという。

そして探索と検討の心躍る旅の末、真相の泉に行き着く。

「ふふふ……」

と、笑みが浮かんで来る。小生意気な子供をいじめるように、父をやっつけてみたくなった。電話をした。

「おお、着いたか。ちゃんとご飯食べたか」

と、いつもの父の声。

「夕飯前。さっきの疑問、朝飯前どころか、もう、さらりと解けたよ」

「……え？」

と、飲み込めないようだ。

「『石本検校』に出て来る棋譜のことだよ。あれはね、実は弘化年間、天野宗歩と荻田《おぎた》重次郎《じゆうじろう》の指した一戦だよ」

「何だ、それ。――そんなこと、どうして分かった？」

「その辺、歩いてる小学生に聞いたの。そういってたよ」

お父さん、敗れたり。

可哀想だから、論文を書いている人がいた、と説明した。

「初出では棋譜が間違っていた――とか、綿密に調べてあるよ。色々な資料を引いて、くまなく探ってる。面白いし、最後に、ちゃんと菊池寛論になってる」

「うーむ。――いつごろの論文だ」

父のように神保町と図書館だけで探っていたら、なかなかここにはたどりつけない。

「えーと、そんな昔じゃないわよ。……二〇一六年に……口頭発表したものが元みたい。それからまとめたんだ。お若い方だろうね」

「そりゃ、頼もしい」

「『石本検校』が出た四年後に、あれは別の《名譜》の借用だ――といって非難した人がいるんだって。そのせいか菊池自身、自分の本の『あとがき』で、この短編で使った棋譜は天野対石本のものではない――と断ってるんだって」

「そうなのか！」

「えーと……戦後に鎌倉文庫で出た『現代文学選』の第十巻、『恩讐の彼方に』。その自作解説に出てるみたいよ」

「うー、口惜しい」

「どうして？」

父は、恨みがましく、

「これが芥川《あくたがわ》なら、昔の全集でも断簡零墨《だんかんれいぼく》まで収めていた。しかし、お父さんが買った『菊池』の全集は巻数も少ない。そこまでは入っていなかった。読めなかった」

「お可哀想に」

「――お前の会社の資料室なら、新しい菊池の全集が揃ってるだろう」

「そりゃあまあ」

「だったら、『あとがき』の類いまで入ってるはずだ。それと論文のコピー、明日にでも早速、送ってくれ」

と、一気にいってから《本、貸してやったじゃないか》と付け足した。すねているようだ。

父は、パソコン画面で文字を読むのが苦手なのだ。

## 12

翌日、会社の資料室で『菊池寛全集』を調べた。二十三巻に「自著序跋」がまとめてあった。

確かに、その解説に《作中の棋譜は、本物ではない》と書いてはいる。だが、続けて《たしか、天野と備中の棋客香川栄松との棋譜》といっている。これは、間違いだ。《香川栄松》の名は『石本検校』中に出て来る。記憶が混乱したのだろう。きちんと確かめないところが、菊池らしい。さらに棋譜中に書き落としがあることにも触れ、《今度も訂正するのを忘れてしまつた》。大物だ。思わずにやりとする。

これと論文のコピーを、父に送った。

西井さんとの連絡もつき、メールでやり取りをする。今はいくつかの大学で、非常勤で教えているそうだ。

菊池寛については、モダニズムという観点から魅力を感じている——とのことだった。

その流れで、話に菊池の『東京行進曲』が出て来たのに驚いた。以前、大岡昇平《おおおかしようへい》について調べていた時、父の口から出て来た名ではないか。

菊池はこの題名に自信を持ち、連載前から友人にも話した。それがマスコミに出た。すると、断りなく先に、その題の映画を作られてしまった。菊池は《題が駄目になるとテーマも駄目になる》と、大いにくさった。

一度聞いた美希の頭にも残る。それだけ印象的な題――ということになる。しかし二十一世紀の今、それが若い人のメールに出て来るとは思わなかった。

さらに、あれだけの論文を書くとなれば、小説だけでなくかなりの将棋マニアではないか――と聞くと、

将棋とは無縁でしたが、《将棋と文学》をテーマにすることになってから、将棋づけになりました。棋譜を読むのは楽譜からメロディを思い浮かべるのに似ています。知り得なかった世界を知り、愉しくなりました。

子供がまだ小さいのですが、アンパンマンはじめてしょうぎ、わんにゃん将棋、ひふみんしょうぎなどを集め、一緒にさせる日を楽しみにしています。

ひふみんというのが、引退した加藤一二三《ひふみ》九段の愛称だとは知っている。独特のキャラクターで人気者になっている。《アンパンマン》や《わんにゃん》なら、駒がそういう親しみ深いものなのか――と想像出来る。しかし、最後のは分からない。そこまでは、

深く聞かなかった。

社内で将棋といえば、映像事業部の明智《あけち》ということになっている。マニアである。風貌にも眼鏡をはずした羽生善治《はぶよしはる》——といった鋭さがある。

当然、『メンバー』の将棋特集にも、あれこれ知恵を貸したし、今回も相談役になってもらっている。

「明智さん、《ひふみんしょうぎ》って知ってますか」

「う？　——確か、加藤一二三さんが考えた初心者用の将棋じゃないか」

「どういうんです？」

「囲碁でも、升目の少ない練習用の碁盤がある。同じように本来、九かける九の将棋盤を六かける六にしたんだ」

「なるほどね」

明智は、ぴくりと右の眉を上げ、

「そう簡単にいわないでほしい。囲碁なら石は白と黒。盤が小さくなっても、そのまま使える。しかし、将棋の駒は何種類もある。全部は置けない」

「はあ……」

「だから、使う駒を制限するしかない。本来の将棋にはあって《ひふみんしょうぎ》にはない駒が出て来る。違った世界が生まれる。そのあたりが実に面白いんだ」

ああ、そうなんですか——と頷くしかない。明智は、面白い面白い——といいながら去って行った。

## 13

今回の特集のため、広く知られた棋士の方に対談していただくことになった。先崎学九段《せんざきまなぶ》と室谷由紀《むろやゆき》女流三段である。昨今の将棋界についてお話をうかがうわけだが、そこで『石本検校』のことを思い浮かべてしまった美希である。

小説に使われた棋譜が、天野と別人とのものであると分かると、新しい疑問が生まれる。江戸時代の棋譜は多く残っているようだ。菊池がその中から玉を拾うようにあの一局を選んだのは、それが達人の真剣勝負にふさわしいものだったから——ではないか。

天野の指し手はいかにも天野らしく、一方のそれも石本の執念にふさわしい。はたして、そうなっているのか。

——一流棋士に聞いてみたい！

そういう欲望が、ふつふつと湧いて来た。ゆかりに相談してみると、

「菊池寛の将棋小説か。面白いね、それ、いかにも小説誌らしい切り口じゃない」

最後の話題にしてもいい——といわれた。

当日は社内の会議室にお迎えし、昨今の状況に配慮しつつの対談となった。担当は美希だが、それだけでは心もとない。明智にも同席してもらう。

さすがにその道で一流のお二人とあって、お会いした時から圧倒されそうになる。

「……く、九段というのは、最高峰なんですよね」

と美希がいうと明智が、

「いや、しかし先崎さんの本には二三九段という人が出て来る」

先崎学さんは、数多くのエッセイ集を出している。

「ほ？」

美希には、スカイツリーの上の方にいる棋士の姿が見えるようだった。

「加藤一二三九段を間違えて加藤一《はじめ》、二三九段と読んでしまう人がいるというんだ」

先崎さんが、にこやかに微笑んだ。

——何だ、ジョークか。

スカイツリーの上にいるのは、ひふみんだった。

坂口安吾の短編『九段』と大山康晴の話をしてみる。室谷さんが、

「大山先生の全集を持っています。わたしは振り飛車党で、大山先生はそれを完成させた方なのです」

と、敬意を持って語られる。美希が、

「段位というと、――あのくまモンも初段持ってるんですって」

村山先生から得た情報だ。

「そうだよ」

と先崎さん。明智が、

「でも、くまモンと将棋指した人いないでしょ」

と突っ込むと、

「いいじゃないの、くまモンなんだから」

そういわれては仕方がない。先崎さんは、さらに、

「――僕はね、くまモンと将棋は指してないが、相撲を取ったことならあるんだよ」

熊本でのイベントの時だろう。ステージで、くまモンと組み合っている先崎九段の姿が目に浮かぶ。おかげで場がなごんだ。

それでは――と、本題に入る。室谷さんは、華やかな輝きを持っている。将棋ブームの影響については、

「イベントが増えましたね。勿論、ウイルスの問題が出てからはなくなりましたが」

先崎さんが、

「こちらはあまり関係ないなあ。文宝出版も『メンバー』が売れたんなら、将棋連盟にいくらか入れて欲しいなあ」

笑いとともに、プロならではの具体的な例をあげての話が続いた。

メインの、将棋界の現状についてのお話が十二分にいただけたところで、美希からの注文、菊池の『石本検校』のことをうかがう。事前に、作品のコピーは見ていただいていた。

「どんな試合でしょう」

と聞くと、先崎さんが一刀の下《もと》にばっさり、

「凡戦だな。天野から見れば、相手にねばりがない。差があり過ぎる。接戦にならないんだ。いかにも、アマチュアとの勝負だね」

びっくりした。

「《名譜》の借用だと非難した人がいたそうですが」

「いやいや、天野の竜ばかりが動いている」

室谷さんも、

「こてんぱんにやられてのぼろ負けですね」

「江戸の将棋というのは、もともとねばる感じがしないんだが、それにしてもこれは一直線に負けている」

「そうなんですか……」

「将棋というのは、二人でいい棋譜を作り上げるものですよ。これは、負けた方がひど

すぎる。鑑賞出来る将棋じゃありません」

となると、菊池がこの棋譜を使ったのは、石本の、敗者の悲哀を強調したかったからなのだろう。

「天野はさばきがうまかった。接近戦にはしないんだな。フットワークの試合をやるね」

「私は、将棋がよくわからないんですけれど、この、

「四五歩。」

「五二金左。」

「四七銀。」

「六三金。」

「四六銀。」

雨はだんだん烈しくなっていた。


なんて、駒の動きの言葉だけで、迫力を感じますが」

すると先崎さんが、

「枚数稼ぎたかったんじゃないの」

わっと沸き立った。明智が、

「斬新な視点だなあ」

目隠し将棋についてもうかがった。今、イベントなどでも行われるそうだ。アイマスクをつけて、素人の方と対戦する。目隠し五面指しまであるそうだ。プロ棋士の脳内というのは、本当に特別なのだ。そういう時の相手は強い方がいい。弱いと定跡にない手を指されて、やりにくいそうだ。

聞かないと分からないものだ。

織田作之助と月形龍之介の棋譜というのも見つかったので、お見せする。室谷さんが、

「二十一年……最近ですか？」

「昭和だよ。二〇二〇年じゃない」

と先崎さん。昭和は遠くなりにけり。室谷さんの若さが証明された。

遠い昔の二人の駒の運びを見て、室谷さんが、

「すごいどんぱちやってますね。お二人とも、気性が荒いです」

すかさず、先崎さんが、

「室谷さんみたいだ」

いわれて、にこりとする室谷さん。

「女性は攻め将棋が多いんですよ。自分がやりたいことを、とりあえずやるという……。だから激しい。ノーガードの殴り合いになるんです」

なるほどと思う。最後に、お二人の好きな駒を聞いた。

先崎さんは、成り角（馬）。室谷さんは、飛車だった。

## 14

西井さんは、その後に書かれたものとして、

菊池寛「上意打」に表れた将棋観
——名人戦構想との共通性——

という論文も、添付してくれた。

昭和十一年に書かれた『上意打』という短編を手掛かりに菊池に迫って行く。信州松《まつ》代《しろ》の城主、真田《さなだ》伊豆《いず》守《のかみ》信房《のぶふさ》と侍医山田道順の物語である。

これもまた、菊池寛の将棋小説だ。早速、父に送った。

すると翌々日の夜、思いがけなく上機嫌の電話があった。

「この短編も、お父さんの持ってる全集には入っていなかった。初めて見た」

「小説のコピーも送ろうか」

「いや。夕方、図書館に行って、新しい『菊池寛全集』を借りて来た。第四巻の短編集。ふふふふ。知るは楽しみなり——だ」

今回は、前のような愚痴にならない。意外に、元気だ。

「知る？　楽しみ？　——何のこと」

「まあ待て。こちらからも資料を送る。見てくれ。それからまた、やり取りしよう」

同じ都内なので、郵便もすぐ届く。開けると、まず目に入ったのは、古めかしい本のコピーだ。

○ある国の君、将棋を好みて翫《たわむ》れしに、常に相手になりける医師ありける。

と始まっている。その将棋の最中に家老を呼び、密命をくだす。医師は当然、遠慮して下がろうとする。ところが殿様は、そのままでよいという。そして、誰々は《法において免《ゆる》しがたし》、明朝、討手をやって斬らせろ——と命じる。その誰々というのは、医師の隣に住んでいる。家に帰った医師は、悩み抜く。これは秘密の命令である。漏らすことは許されない。苦しんだ末、人情が勝つ。事の次第を告げ、隣人を逃がす。翌日、討手が来ても相手がいない。殿様は《いかゞして立退《たちのき》けん、力なき事なり》といい、この一件はさた止みになってしまう。

さて、それから一年ほど過ぎ、医師と殿様が将棋を指していた。殿様が負け、駒をしまおうとした時だ。殿様は突然、《盤の上にて手を切るばかりしめて、汝はにくき奴かな、過《す》ぎし年何がしをのがしたるは、まさしく汝なめり》。青天の霹靂《へきれき》だ。医師は、驚きおびえながら、存じません存じません。

次の日、呼び出され、どうなることかと思っていたらご加増になった。実は殿様も殺したくなかったのだ。

美希にも、やはり青天の霹靂だった。

――何、これ、『上意打』じゃない！

菊池が書いている話だ。

次のコピーには、「罪人を逃がした医者」として同じ話が載っている。森銑三の『落葉籠』の一節だ。最後にこうある。

「窓のすさみ」には、かような味《あじわ》いのある話が出ている。

先ほどの古めかしい方のコピーには、なるほど右に「窓のすさみ」、左に「第一」という文字。

《盤の上にて手を切るばかりしめて》というスリルに満ちた山場を、森銑三は《医者の手の甲を強くつねって》と訳している。菊池の『上意打』では、そこを《伊豆守の手が、つと伸びたかと思ふと、道順の手首は砕けるやうに、強く握りしめられてゐた》となっている。見比べると面白い。菊池のは、いかにも小説的だが、「窓のすさみ」の簡潔な表現も捨て難い。

## 15

父の自慢げな顔が見たくなり、リモートで話した。

「これを見つけたわけね」

「見つけた――というか、目の前にあったんだ。『落葉籠』のことを、丁度、ミコに話したろう」

「そうだっけ？」

「ほら、市松模様の話」

「ああ……」

あれが『落葉籠』の中にあったのだ。そこからここに繋がるのか。神の手によるお導きのようだ。

「話したばかりの本だから、記憶に新しい。『上意打』を読んだら、すぐに分かったよ。

――ああ、原典はあれだな、と」

「江戸時代の随筆ね」

「そうだ。その昔から広く読まれている。松崎尭臣《まつざきたかおみ》、号を白圭《はくけい》の著作という。活字本にもなっている。明治に博文館から出た温知叢書《おんちそうしょ》のものと――」

といって、画面に本をかざす父。いかにも古めかしい。

「持ってるんだ！」

「まあ、これぐらいはな。それから、こっち」と群青色の表紙の一冊。この装丁なら、父の書庫に並んでいるのを見た。

「そっちもあるの？」

「有朋堂文庫版だ。『窓のすさみ　武野《ぶや》俗談　江戸著聞集』の巻。これは、昭和七年刊だが、そのずっと前から、何回も版を重ねている。図書館には、昭和二年の版があったぞ。昔は本好きのところになら、どこにでもあった。だから、うちにもある。神保町にもごろごろしている。ポピュラーなシリーズだから、菊池が読んだのはこっちじゃないかな」

美希は、コピーを出し、

「これはそっち？」

「ああ」

「だけど……江戸の随筆なんて、同じ話があっちこっちに出て来るんじゃない。菊池の話の原典は『窓のすさみ』——と、限定出来るのかなあ」

　難癖をつけたつもりだったが、

「出来るんだな、これが」

「ほ？」

　父は『菊池寛全集』を取り上げ、

「昭和十一年の短編として『上意打』が収められている。その前にあるのが『狐』、後が『猫騒動異聞』。同じ頃に書いている。この二つの元も『窓のすさみ』なんだ」

「へえー」

「『狐』は『窓のすさみ　追加』の『巻之上』にある《日本橋辺の商家》と始まる一編が原典。ちなみにそのひとつ前にあるのが、落語の方で、古今亭《ここんてい》志《し》ん生《しょう》の名作『黄金餅』の元になった話だ。『猫騒動異聞』の方は、『第一』の《小野浅之丞とて》と始まるもの」

　と、群青色の本を見せつける。

「なるほど、三つ続けて同じ本から取られてるんだ。それなら動かないね」

　昭和十一年、話の種を探して、そのページをめくる菊池寛の姿が見えるようだ。

「読みくらべると面白い。『狐』の原作には《日本橋辺の商家》としか書かれていない。

菊池はそれを《日本橋通二丁目薬種問屋鍋屋》、主人を《清兵衛》、娘を《幸》と具体化している。『猫騒動異聞』の方も、どこの話と書かれていないのを、当然のように鍋島の話にしている。鍋島の猫騒動といえば、昔は誰でも知っていたからな。化け猫映画にまでなって大人気だった」

「そうなの」

「『上意打』にしても、どこの殿様とも書かれていないのを信州松代城主真田伊豆守信房にしたのは菊池だ。こういう小説化の妙について分かるのも、原作を知ってこそだ」

「なるほど」

「今回の件では、お父さんに見せ場がなかった」

「そうだったね」

「まあ。これぐらいの働きがないと、大きな顔が出来ない。――ちょっと鼻を高くしながら、うちの書庫に入った。そして、宇野信夫《うののぶお》の『話のもと』を抜き出した。随分、昔に読んだ本だ。何か出てないかな――と思ったんだ。そこで、びっくりした。出てるところじゃない」

「おお」

「冒頭が『名君』。いの一番にこの話を紹介していた。『窓のすさみ』にあり、菊池寛がこれを元に《味わいの深い短篇小説を書いている》――と『上意打』の名をあげているんだ」

「がっかりだね」

父は頷き、

「がっかりしながらいうぞ。宇野は、何と碁の好きな殿様にしているんだ」

それでは将棋小説にならない。

「碁の方が好きだったのかな」

「そんなところだろう。医者は玄白《げんぱく》、討つべき男の名は石川主膳《いしかわしゅぜん》。宇野好みの名前をつけたんだな」

話は、語り手によって変貌する。父は、群青色の本を画面に突き出し、

「まあ、それはそれとして――この有朋堂文庫版に、併せて収められているのが『武野俗談』。いささか性格の悪い馬場文耕《ばばぶんこう》の作だ。毒舌家として知られている。――その中に七国《しちこく》将棋というのが出て来る。《秦の七勇将の取合せの駒組》と書かれているが、《七国》というなら、それぞれがいわゆる戦国の七雄、韓《かん》・魏《ぎ》・趙《ちょう》・斉《せい》・秦《しん》・楚《そ》・燕《えん》になって、戦うんじゃないかな」

「パソコンゲームみたいだね」

「《盤の大さ《おおき》三間四方》、多くの駒を使って七人がかかり、《杖のやうなる竹を以てさす》そうだ」

大掛かりだ。広げても、このあたりが最大ではないか。圧縮すれば、ひふみんしょうぎになる。

## 16

最後は、めでたく父にも花を持たせられたようだ。

「これで、気分よく年の暮れを迎えられそうだね」

「まあな」

「頭はちゃんと動いてるようだね。お友達との三択問題の出し合いなんて、まだやってるの」

父には、大学時代からの友人が大阪と神奈川にいる。思いついた問題を、時にメールでやり取りしているのだ。

「師走になると、あれこれ忙しい。おかげで三択問題を出すひまもなくなり落ち込む。――これを何というか知っているか？」

「さあねえ」

「年の暮れの、三択ロスだ」

パソコン画面の父が笑った。まだまだ元気そうだ。通じたかどうか気になるようで、

「――トナカイの引く橇《そり》に乗って来る」

と、念を押した。

# 古今亭志ん朝の一期一会

# 1

編集長が代わった『小説文宝《ぶんぽう》』だが、それだけではない。書籍から、筏丈一郎《いかだじょういちろう》が移って来た。

迎える側の田川《たがわ》美希《みき》にとって、うれしい人事である。筏は、大きな体に童顔を乗せた好漢だ。人柄がいい。加えて、美希がマネージャー役のソフトボールでは、頼りになるバッターだ。付き合いが長い。

「よろしく、お願いします」

神妙に頭を下げる筏に、

「こちらこそですよ」

と、挨拶を返す美希だった。

十二月に入り、日が暮れるのも早くなり、太陽がますます低い位置から差すようになって来た。

編集部は七階にある。たそがれ時、窓から見えるあちこちのビルの片面だけが黄金色に輝き、残りの側をより暗く感じさせる。そんな頃だった。

沈んで行く陽と逆に、外から戻って来た筏が浮き浮きと上機嫌だ。マスクの上の目で分かる。

自分の席に座ると、買って来たCDを開封し、眺めては悦に入っている。アイドルのものではなさそうだ。

——はて。

「何それ？」

「よくぞ聞いてくれました。書店回りのついでに、専門店でゲットしたんです。——『サラサーテの盤』」

——どこかで耳にしたような。

と、思う美希である。

「それって……小説にあるよね」

耳で聞いただけだが、そこは文芸編集者、《サラサーテの番》でも《サラサーテの晩》でもなく《盤》だと分かる。

「はいはい。内田百閒《うちだひやっけん》の名短編。三島由紀夫《みしまゆきお》が《恐怖の名品》とたたえた」

「読んだことあるなあ。バイオリンのレコードの話。――それ、映画にも出て来るよね」

「ええ。鈴木清順《すずきせいじゅん》の『ツィゴイネルワイゼン』。――まるっきりの映画化じゃないけど、材料になってます」

「確か映画の方も、評判高かったよね」

　筏は頷き、

「始まると、古いSP盤がくるくる回ってる。シャーシャー、雨みたいに鳴る針音の間から、嫋々《じょうじょう》たるバイオリンの響きが聴こえて来る。伝説的名手サラサーテの弾く『ツィゴイネルワイゼン』。そのうち、《うん？　君、何かいったかな》《いいや》という返事。画面では、なおもレコードが回っている」

　その時、編集部には二人きりだった。だから余計、凄く感じる。

「おお。――怖いねえ」

　筏は、映画の登場人物になったように、

「《変だな。君には聞こえなかったか。……どっかで人の声がしたんだ》」

　真に迫った話しぶりに、

「筏君、リアルタイムで観てるの？」

「いえ。勿論《もちろん》、間に合っちゃあいません。だけど、テレビで何回かやりましたから」

旋律だけでなく、人の声まで入っているサラサーテの盤。

十二月の日は落ちるのが早い。外がたちまち暗くなって来た。

「百閒の短編に、そのレコードが出て来たんだよね」

おぼろげな記憶がよみがえって来る。サラサーテの『ツィゴイネルワイゼン』。広く知られた曲の自作自演。

「ええ。――主人公の友人が、ちょっと前に亡くなった。その奥さんが、訪ねて来るんです」

そして、いうのだ。

――うちの主人が、こちらにレコードを貸していたはずだ。

と。

外には、連れて来た女の子が立っている。前の奥さんとの間に出来た、友人の子だ。前妻はスペイン風邪で亡くなっていた。

レコードを探し出して渡す。風がひどい。家が鳴る。

早く寝ようとしていると、奥さんが戻って来る。

――もう一枚来ているはずだ。

## 2

筏がＣＤを見せる。

――『パブロ・デ・サラサーテ全録音集』

「サラサーテのＳＰ盤は、十枚あるんですって。二十世紀の頭に吹き込んだっていうから、世界でも、最初期のレコードですよ。残ってるだけで凄い」

バイオリンを手にした演奏者の絵が出ている。痩《や》せぎすで、上目使い。歴史に残る大名人なのだろうが、威風堂々というより、むしろ滑稽だ。それだけ戯画化されているわけだ。南洋風の笠をかぶっているように見えたが、よくよく見直すと、そういう髪形だった。

筏は、手を揉みながら、

「百閒の小説はね、高校生の頃、図書館で読みました。文学全集の一冊でしたよ。それにはルビが振ってなかったんです。だから、問題のレコードの、持ち主の名前を中砂《なかすな》って読んじゃったんです。おかしな名前だなあ――と思って、印象が強かった。そうしたら、映画で《なかさご》っていった。びっくりしましたよ」

「そうなんだ」

「はい。――いわれてみれば、高砂《たかさご》って名前があるんだから、そう読むのが当たり前かも知れない。僕の思い込みです。――でも、勝手な読みの方が、当たり前じゃないだけに怖かったな。……女の子を残して死ぬんですよ、妻も夫も。それで名前が……《なかすな》だなんてね」

「固有名詞の読みは難しいよね。今の本には？」

「大体、ルビがついてるようです。《なかさご》ってね」

「誤読の喜びもないわけだ」

「はい。――で、その中砂さんから借りたレコードが一枚、見つからない」

「『ツィゴイネルワイゼン』だね」

「そうですよ。――手違いで吹き込まれた声はサラサーテのものだろう、って書いてあった。気になりますよね。一度、聴いてみたかった。でも、その辺のＣＤ屋にはなかったんです。百年前のレコードが」

「そりゃ、そうだろうね」

「どうしても――ってほどじゃなかったから、そのうち、忘れてしまいました。――ところがね、この間、神保町を歩いてたら、たまたま、イザイっていう、大昔のバイオリニストの復刻ＣＤが出てたんです。中古大安売りの山の上に」

「いろんなもの、あるからね。あそこには」

「古めかしさに引かれて買って帰って、聴きました。そうしたら、ザーザーいう針音の彼方から響いて来る調べが、妙によくてね。タイムマシンに乗って昔に行けたようで、すっかりはまりました。——そこで思い出したのが、『サラサーテの盤』です。今ならひょっとして手に入るのかなあ——と思ったら、大当たり」

美希は、ふーん、と納得し、

「これでめでたく、サラサーテの演奏も、幻の声も聴けるわけだ」

3

翌日の午後。筏が入って来るなり、寄って来て、

「聴きましたよ、聴きましたよ、田川さん」

「は。——何かわたしの、良い噂？」

筏は、ぶんぶんと首を振り、

「違いますよ。——昨日のサラサーテ」

「ああ、そうか」

筏によれば、復刻盤の中から、確かに幻の声が響いて来た——という。だが、さらに続きがあった。

「そうしたらね、何とその後の、バッハの『無伴奏パルティータ』にも、同じような声が、ちらりと入ってました。見つけたぞ――と、嬉しくなっちゃいました」

「見つけたんじゃなくて、聴いちゃったんでしょ」

「耳による発見ですよ。時を越えて、僕のところに届きました。――いやあ、諸説あるかも知れないけど、こうなるとやっぱり、サラサーテさんの声だと思うなあ、あれは」

筏は、親しみを感じ始めたようで、さん付けで呼んだ。

「まあ。その可能性大だろうね。何といっても、一番、音の拾われやすいところにいるんだから」

「現代でも、グレン・グールドのピアノ演奏に、当人の声が入ってたりするそうです。だから、サラサーテが何かいったって不思議じゃない」

「まあねえ」

筏は、太い腕を組み、

「百年以上前なら、レコード自体が神秘的なものでしょう。音というのは、触《さわ》れない。とっておけない。ただ消えて行くはずのものです。それが閉じ込められてる黒い円盤なんて、摩訶不思議ですよ」

「確かに」

「その中から、――思いがけない声が聞こえて来たら、そりゃあ、怪談の種にもなりますよね」

美希は、頷き、

「写真だってそうだね。あらためて考えりゃ随分と神秘的だ。初めて見て、撮られると魂抜かれる、と思った人もいたんでしょ。――神秘だからこそ、いまだに心霊写真なんて話も出るわけだ」

と話していると、文庫の大村亜由美《おおむらあゆみ》が通りかかり耳をぴくつかせ、おいしいものを見つけたように、するすると近づき、

「――面白そうな話、してますね」

亜由美の顔を見た美希は、ＣＤすら古いと思う今の子に『サラサーテの盤』が通じるのか、と思った。聞いてみると、意外や、

「百閒も読んでます。映画も観てますよ」

という返事。さすがは、文宝出版期待の若手社員である。筏が、

「レコードって分かる？」

「勿論。――手にしたことありますよ。わたし、仏文科だったんです。シャンソンの授業がありました」

「大村さん、似合うよ」

「そういわれても、歌いませんよ。――でね、教授が《レコードで聴くといいよ》って

いったから、図書館でピアフを聴きました。――素直な上に、向学心があるんですよ、わたし。えへへ」

「おお、意外だなあ」

「素直が？　向学心が？」

「いや、レコード聴いてるのが」

「何事も経験です」

「君が聴いたのは、多分、――ＬＰ盤だろうな」

そこで筏は、顔を美希の方に向けた。

「――ねえ、田川さん。ＬＰのＰは《プレイ》の略です。では、Ｌは何の略でしょう」

美希は、ちょっと引き、

「やめてよ。後輩の前で、テストするの」

「ギブ？」

「いやいや。……まあ、想像するに、ロング・プレイじゃないかな」

「正解です」

ちょっと鼻を高くし、

「大昔のレコードって、あんまり長い時間、録音出来なかったんだよね。それが進化したのがＬＰ盤だね」

「おっしゃる通りです。――古いレコードは重くて厚い。落とすと割れたりした。録音出来る時間もごく短かい。そういう不便なレコードが、LPに対して昔のSP盤です。

――さて、それじゃあ、SPの《S》は何の略でしょう」

といわれたら、答えはひとつだ。

「《ロング》じゃないなら《ショート》でしょ」

筏は、にんまりと笑い、

「そういいたくなりますよね。実はこれが、引っかけ問題」

「ほ？」

「《ロング・プレイ》が後から出来た。当時の目で見れば、SP盤は前からある普通のレコード。というわけで、《S》は――《スタンダード》です」

亜由美が手を打ち、

「なるほど、うまいですね」

――喜ぶな、喜ぶな。

と思う美希だった。唇を歪め、

「まんまと引っかかったよ、筏君」

筏が首をすくめ、

「田川さん、悪い顔してますよ」

# 4

『小説文宝』の将棋特集も、着々と進んでいた。新年号を完成させ、その次の号になる。

美希が、将棋小説案内を書き、中で菊池寛《きくちかん》の『石本検校』も紹介した。

「読者も、これ読みたくなるだろうね」

と、百合原《ゆりはら》ゆかり編集長。

「でしょうけど、再録の余裕はないですよね」

ページは限られている。菊池寛までは載せられない。

「田川ちゃん、我々は二十一世紀にいるんだよ。――webで読めるようにしたら、いいじゃない」

「おお！」

「QRコードを印刷しといて、読み込んだら『石本検校』に飛べるようにしたらどうかねえ」

QRコードなら、美希も新人賞募集の誌面に貼ったりしていた。経験あり。

「なるほど、そういう手もありますよね」

「親切でしょ？」

「特集が立体的になりますよ。いいですねえ」

ゆかりは、頷き、

「著作権は切れてるけど、ご遺族の了解をいただかなくちゃあね」

「はいはい」

二つ返事だ。

『石本検校』のｗｅｂ原稿を用意し、冒頭で掲載に至る経緯を説明した。専門の人に作ってもらったＱＲコードをハサミで切ってゲラに貼る。ここは一気に二十世紀風、アナログな仕事になった。

ほかの原稿も順調に仕上がって来る。大物作家の村山富美男《むらやまふみお》先生も、中編を書いてくれた。ぐいぐいと引き付ける作品になっていた。お世辞抜きで絶賛すると、

「あ、そうっ！　嬉しいなあ」

と、いつも以上に喜んでいる。趣味がからんでいるからだ。猫の顎のように、撫《な》でられて気持ちのいいところなのだ。電話の向こうで目を細めているのだろう。

「百合原さん、チャンスですよ」

「そうだにゃん」

いうまでもなく、新作長編のおねだりチャンスだ。

重い荷車はなかなか前に進まない。ゆらりとでも動き出していれば、後は楽だ。気分

が浮き浮きと乗っている今こそ、村山先生の背中の押し時ではないか。

いつもなら十一月下旬から、あちらでもこちらでも連日、忘年会が始まる。今年は違う。仲間同士の顔合わせは勿論、作家さんともリアルに会う機会が、めっきり減ってしまった。

「大きな仕事の依頼は、やっぱり会って話さないと進まないよ」

と、編集長。まさか、電話やメールではすませられない。

表向きは、

――特集の柱になる作品をありがとうございます。

という、村山先生慰労の会食をすることになった。

時節柄、人数は最小限に絞る。担当の美希とゆかり、そして先生の三人だ。

文宝出版でよく使っているホテルの感染対策が、納得の出来るものだった。中華でも、回転テーブルにこそ座るが、大皿からはとらない。皿に小分けして出してくれる。配慮が行き届いている。

そこで簡単な昼食をご一緒した。

百合原新編集長は、かっちりしたグレーのパンツスーツ。靴はヒール高めのパンプス。これまでは作家さんに会う時、ラフな格好が多かったゆかりだ。しかし今回、自分の気を引き締めるためにも、キャリアウーマン感漂う服装にしたのだろう。

執筆のお礼の後、来年の春あたりから新作を——という話になる。先生も、察しはついているわけで、にべもなく断りはしない。

新編集長としては、大先生と顔を合わせただけで、まあ、一応の仕事はすませたことになる。

先生の趣味の将棋や野球、ソフトボール、そして——落語の話になった。

ゆかりがそこまで来た時、どういうわけかふと真顔になって聞いた。

「先生、——古今亭志《ここんていし》ん朝《ちょう》はいかがです?」

## 5

「ん? ——いかが、というのは」

「お好きですか」

「そりゃあ、落語好きで志ん朝が嫌いな人は、まずいないだろう。——昭和の名人といえば、桂文楽《かつらぶんらく》、三遊亭圓生《さんゆうていえんしょう》。その上を超す、落語そのものみたいな存在が古今亭志《し》ん生《しょう》だ」

志ん生は分かる。以前、あれこれ調べたことがある。ついこの間も、小説の出典を探り、江戸時代の本にたどりついた時、志ん生と出会った。代表作のひとつ『黄金餅』の元が、同じ本にあったのだ。

偉大なる古今亭志ん生は、いろいろなところから見える高い山のようだ。

先生は続ける。

「――名人に二代なし、というが、志ん生と志ん朝。この親子は違う。平成の名人――といえば、誰がみても古今亭志ん朝だろう。お兄さんが、金原亭馬生《きんげんていばしょう》。これも落語史に残る人だなあ」

剣でいえば柳生《やぎゅう》一族のようだ、と美希は思う。

「大変な一家ですね」

「うん。その古今亭の噺に耳を傾けていた大作家がいるぞ。――古井由吉《ふるいよしきち》だ」

思いがけない名前が出て来た。美希だけでなく、ゆかりも驚き、

「そうなんですか」

丸い大きなテーブルを囲み、二等辺三角形の底辺の右と左にゆかりと美希。二人が、頂点の位置にいる先生に視線を投げる。

「うたぐるような声をだすんだなあ」

先生は悠然としている。

「そりゃあ、意外ですよ。古井由吉と落語なんて、ちょっと結び付きませんよ」

と、ゆかりがいう。先生はにこりとし、

「古井に『半自叙伝』という本がある。その後半に、落語体験が書かれている。初めて寄席に連れて行かれた時は、それほど魅かれもしなかった。しかし、一年もして小学四年になると、ラジオの寄席番組を逃さず聞くようになった」

「はあ」

「これはね、ごく自然なことなんだ。我々もそうだし、我々の前の子供たちも、ラジオ落語で育ったといっていい。テレビが普及してからの世代とは、そこが違うんだなあ。――テレビがない、勿論、スマホもパソコンもない時代、家にたったひとつのラジオに耳を傾ける。そこから聞こえて来る落語は、一直線に胸に染み込んで来た」

「なるほど」

感じは、何となく分かる。

「小学六年の頃、古井が好きな落語家は、春風亭柳好《しゅんぷうていりゅうこう》、三笑亭可楽《さんしょうていからく》、そして古今亭志ん生だったそうだ」

「へええ」

大昔の剣豪の名を聞いたような気分になり、美希が身を乗り出す。

「先生はその人たち、全部、分かるんですか」

「勿論だよ。忘れ難い声ばかりだ。あどけなかった耳に、それが流れて来た。――ＣＤになってるから、君たちだって、今でも聴けるぞ」

ところがゆかりが、意外な言葉を口にした。

「……レコードで、全集出ていましたよね」

先生は目をぱちくりさせ、

「ああ。ＬＰで出てたな。柳好は三枚組み、可楽は五枚組みだったかな。志ん生は数知れずだ」

「可楽の全集のケースって、……赤い色でしたよね」

「そんな感じがするなあ。――だけど、時代が違うだろう。どうしてそんなこと知ってるんだ」

「義父が、レコードを集めていたんです」

ゆかりは、他社の編集者と結婚していた。深く静かに潜行し、いきなり、あっと驚く結婚宣言をした。

「――お義父さんか」

「落語好きだったんです。ＣＤ時代になった時、少しずつ処分したみたいです。それでも愛着があって、捨て切れないのが、かなり残っていました」

「それは分かるな。コレクションの値打ちというのは、また格別。音はほかで聞けても、物自体に思い出がある。その大切さというのは、当人にしか理解出来ない」

海老チリソースや、紋甲《もんごう》イカと黄ニラのいためものが小皿で出る。

口に運びながら、先生が話を戻す。

「――それで面白いのが『半自叙伝』という本だ。題名に、聞き覚えはないかい？」

「菊池寛ですね」

と、ゆかり。

将棋小説に続いて、また菊池の名前が出て来た。

「そう。題名は、菊池のよく知られたものと一緒だが、あとがきが、それに対応して『もう半分だけ』になっている。この響き具合が面白い。実は――古井には別に『もう半分だけ』というエッセイがある」

体調が悪く、酒が進まない。そういう時、ふと、これが最後――という酒だったら、さぞうまかろうと思う。それを境に、酒がしみるようになる。

そこから、落語の話になる。

居酒屋に、毎晩のようにやって来る爺さんがいた。茶碗酒を一杯うまそうに飲む。それから《もう半分だけ》注文する。そして、また《もう半分だけ》。それを繰り返し、結局、三杯分飲んで行く。

不思議に思って、ある晩、どうしてそんなじれったい頼み方をするのか聞くと――。

先生に教えられ、美希は後から古井の『招魂のささやき』という本で確認した。残りは、その文章で《もう半分だけ》味わった方がいい。

爺さん答えて曰く、誰だって、もう半分だけと注文されて、かっきり半分だけはつぎやしないものだ、かならずすこしずつよけいにつぐので、四回お代りすれば正味二盃分よりはだいぶ多目になる、と。

ああ、この《半分だけ》の酒。たとえ千金を懐にしていても、この《もう半分だけ》の美味さ。この味を知らない者は酒呑みと言えない。真昼時の満開の花のもと、事情があって大の酒呑みが三人、銚子一本で我慢したことがあった。最高の酒だった。豊かな一滴だった。《もう半分だけ》やったら、もっと美味かったろう。

## 6

「酒から、人生そのものの味わいも感じさせる。――ところで、この落語だが、『もう半分』という。ほかの人もやってはいる。しかし、古今亭の家の芸ともいえる」

「……家に伝わる?」

と美希。

「そういうことだ。志ん生もやり、志ん朝もやり、馬生もやっている。しかし、古井が聴いているのはそのうち――馬生のものなんだ」

「へえ？」

「金原亭馬生というのは、五十年前は地味な噺家だった。あの頃は、後に大名人といわれた圓生でさえ、《キザなだけ》と毛嫌いする、いわゆる通がいた。そういう中で馬生の、父が志ん生、弟が志ん朝という立場は、大変に苦しいものだった」

「……プレッシャーでしょうね」

つらいだろう。

「学生時代、僕に落語を教えてくれた先輩がいるんだが、その人によると、馬生の出番になるとロビーに出て煙草を喫《す》っている客もいた――という」

「うーん」

「だからこそ、自分なりに噺を磨いたんだな。皆が《おやっ》と驚くようなやり方、自分なりのものを出すようになった。そういう噺はいくつもあるんだが、中で、僕の先輩の一推しが『もう半分』だった」

「おお」

「この噺は、後半が非常に陰惨《いんさん》になる。ある時の高座で、そこが馬生に似合って何ともいえず凄かった――というんだ。録音じゃあ、伝わらないものだろう。その場にいて、同じ空気を吸いながら聴くことのありがたさだ。同じ人が同じ噺をやっても、その度に違う。――昭和の名人、桂文楽のことを池波正太郎《いけなみしょうたろう》が語っている」

先生は心の中で、そのページをめくるような表情になり、

「──太平洋戦争が終った。復員して来た池波は、人形町末広で、文楽独演会があると知った。生きて再び、あの桂文楽を聴ける！　飛び立つ思いで出かけて行った。飢えていたのは腹だけじゃない。それが満たされる。──文楽は、会の最後に『心眼』をやった。目の不自由な人の噺だ。終わりに近づく。主人公の梅喜《ばいき》が、夢から覚め、溜息をつく。その途端だ。雨が、焼け跡の寄席の屋根を烈しく叩き始めた。世界を包み込むような突然の雨音。桂文楽はその時、噺の中の梅喜と一体になった。じっと建物を打つ音に聞き入り、そして最後の言葉……《眠ってるうちだけ、よく見える》」

先生は、間をおいてつけ足した。

「──池波は泣いた」

7

「その時代、その時の中で、生きてその言葉を聴くという、二度と味わうことの出来ない経験だった。また同じ文楽の、同じ『心眼』を聴いても、同じように身を揺さぶられることはない」

天が味方した高座だ。

舞台の芸は、そこまで劇的ではなくとも、本質的にその時だけの一期一会のものなのだ。ゆかりがいう。

「すると古井にも、心に染み入る、金原亭馬生の『もう半分』があったわけですね」

「そうだと思うなあ」

「でも、どうして志ん生や志ん朝の高座じゃなかった――といえるんです」

「やり方が違うんだよ。結果として、酒の量が増えるにしてもだよ、まず何よりも、もうちょっと、もうちょっと――と数を重ねて頼んだ方が、注がれる楽しみが多くなる。志ん生も志ん朝も、そんな子供っぽい喜びとして、素直にやっていたと思う」

「分かりますね、その感じ」

「これに対して、多く飲むための作戦とする。それが馬生だ。――そうやって、自分なりの『もう半分』を作ろうとする。出される肴《さかな》にも工夫している。そういうところに、俺は俺だという、馬生の執念を感じるなあ」

「おお」

「受け取り方はさまざまだよ。爺さんが、おや、ちょっと多い――と思うのはいい。しかし、それを作戦にしてしまうと、ことが卑しくなる」

「そんな感じもしますねえ」

「勿論、だからこそいい、それでこそ酒飲みだ――という考えもある。その作戦を、ふと明かしてしまうところで、爺さんの心がほどけていると分かるじゃないか。——そういう考えもある。いずれにしても、是とするか非とするかは、演者の力量次第だ。——書き方から考えて、古井にこの文章を書かせたのは馬生の『もう半分』。——志ん生や志ん朝のそれを聴いていたかどうかは、分からない。演目というのは沢山あり、いつ、どの噺と巡り合うかは運まかせだからなあ」

「なるほど」

いくつかの音源を聴き比べることなど、昔は簡単には出来なかったのだ。

「とにかく古井は、馬生の『もう半分』に出会った。——そして、染み入るように語られるこの部分が、まことに、ふに落ちるものだったんだな」

美希はあらためて、落語というものを、人間が語ることの面白さを感じた。

8

ゆかりの方は、ちょっと首をかしげ、

「でも、それじゃあ、お兄さんの話になってしまいます。志ん朝といったら古井由吉のことになったんですよ、先生は」

「さあ、そこだ。忘れちゃあいない、弟だ。——古今亭志ん朝」

と、村山先生は笑い、

「古井由吉と志ん朝は、奇跡的な遭遇をしているんだよ」

「おやまあ」

「古井は、日比谷高校の出身だが、その前に私立の獨協高校に行っている。英語クラスだった。秋に転入試験を受けて、都立に移ったんだよ。そのわずか数カ月だけいた独協の、隣のドイツ語クラスに、目の聡明そうな餓鬼大将がいた。学校の廊下を、大声で歌いながら歩いている。ジャズだ。これは目立つ。美濃部《みのべ》君だった」

「あ……」

「いうまでもない。古今亭志ん朝だ」

「……同学年」

「そういうことだ」

「不思議な縁ですねえ。運命がちょっとずれても、出会わない」

「古井は、このことを何回か書いている。後年、志ん朝と会って、当時のことを聞いた。そうしたら、高校時代は落語家になるつもりなど全くなかったそうだ」

「もったいない」

「ジャズバンドのドラムをやりたかった。そこで志ん生に、──とうちゃん、ドラムが欲しいよ、とせがんだ」

「落語みたいですね」

「役者がいいからな。名作落語だ」

「どうなりました」

「親父は息子を落語家にしたい。ドラムの道に行かれたら大変だ」

「買ってくれないんだ」

「しょうがないから、若い志ん朝は金だらいにシートをかぶせて締め、棒で叩いて練習した。――ジャン、スケテン、ジャン、スケテンと」

「ジャズドラムって、そんな音ですか」

「まあ、これは僕のイメージだ」

笑っていると、ゆかりが、

「志ん朝さん、その頃からドイツが好きだったんですか」

「――ん？」

と、先生。

「高校から、ドイツ語クラスに入るなんて」

「ちょっと変わったこと、したかったんじゃないかな」

「でも、ドイツには何度もいらしてたんでしょう？」

「まあ、そんな話も聞くには聞くが」

「ドイツの南の方に、……パッサウという町があって、私、調べたんですけど、何だか有名な大聖堂があるそうです」

思いがけない方向に話が飛ぶ。きょとんとしていると、

「――志ん朝さんはドイツが好きで、あちこち旅してる。パッサウにも行った」

「ほう」

「それで、その町のバーだか喫茶店だかに、落書きが残っているそうです」

「落書き？」

「ええ。――《古今亭志ん朝》って」

9

びっくりだ。ヨーロッパを旅していてドイツに至り、たまたま入った喫茶店の壁に《古今亭志ん朝》と書いてあったら、夢の中にいるような気持ちになるだろう。

その落書きを見たような顔をして、先生は、

「……そんなこと、どうして知ってるんだい」

「義母に聞いたんです」

これも意外だ。

「へえ。お義母さん、ドイツに行ったの？」

「違うんです。――実は、さっき話した義父なんですが、一年ほど前に亡くなりまして……」

「そりゃあ……」

慰労会で身内の不幸は、明かしにくかったのだろう。ゆかりは、ようやく蓋《ふた》を開けたように話し始めた。

「千葉の方の自宅で、しばらく寝込んでいたんです。わたしたち夫婦は東京にいて、毎日のお世話は出来ませんでした。義母が面倒を看てくれました。それに、すっかり甘えていたんです。――幸い、義父は頭がしっかりしていて、そこは救いでした。休みの日に行って、お話し相手になるぐらいのことしか出来なかったんですが、――ただひとつ、喜んでもらえたことがありました。それが、――落語のレコードなんです」

「おお……」

「義父の寝ていた部屋の北側が一面、書棚になっていました。一番下が戸棚で、そこにLPが、かなりの量入っていました。落語のコレクションです。――聴くのはベッドの枕元のCDプレーヤー。それが現役で使われてました。――昔は大きなステレオセットが置いてあった。場所をとる。CD時代になったんで、部屋を広く使えるように、処分してしまったそうです」

再生機器はなくなってしまったのだ。ゆかりは、続ける。

「わたしは、落語のことが分からないんですけど、戸棚からレコードを出してあげて、話し相手になることぐらいは出来ました。そういう時の義父の顔が、とても生き生きとしていたんです。――そこで、思いました。見ているだけじゃない。この古いレコードを、また聴かせてあげたらいいんじゃないか――って」

「うんうん」

と、先生は大きく頷いた。

「サイドテーブルにも置けるようなレコードプレーヤーが、今ならネットで簡単に買えます。持って行ってあげたら、びっくりするぐらい喜んでもらえました」

時間は取り戻せない。しかし、沈黙していたレコードがよみがえるのは、また春を迎えるような嬉しさだろう。

「義母もにこにこして、戸棚からドーナッツ盤の『ひみつのアッコちゃん』や『めだかの兄妹』を出して来ました。《そんなのが、残ってたのか》《なかなか、捨てられないんですよよ》と笑って、かけていました」

先生は目を細くし、

「……いいことをしたなあ」

ゆかりも微笑む。音のごちそうが、老夫婦にふるまわれたのだ。

「そういう中に、さっきの……可楽さんの全集もあったんですね」

と、美希。

「そうなの。昔の落語家さんのレコードは、いろいろあった。でも、お義父さんが出掛けて行って聴く現役の人は――」と、先生の方を向き、「志ん朝さんだけだった。落語は志ん朝に限る――と打ち込んでいたんですね。真面目な人でしたけど、落語でも浮気はしない。義母も若いうちは、一緒に志ん朝さんの会に行ったそうです」

デートといえば落語会だったのだ。

「だったら、――志ん朝が亡くなったのは、ショックだったろうなあ」

「そうらしいですね。寂しそうだったといいます」

「――となれば、志ん朝の音は、随分集めていたんだろう」

ゆかりは首を振り、

「これがあんまりないんです。志ん朝さんは共に生きている落語家、生で聴く人――と思っていたようで」

「なるほど」

「その代わり、書棚には、背表紙に《志ん朝》と書いてある本がずらりと並んでいますよ」

「いろいろと出ているからなあ、矢来町《やらいちょう》の本は」

《矢来町》というのが、即ち《古今亭志ん朝》のことらしい。

「お義母さんは、この一年、もっぱら、その《志ん朝》本を抜き出しては、読んでいるんです」

「あ。――それで、パッサウか」

「そうなんです。どれかの本に書いてあったんですね。ドイツのパッサウの町に、志ん朝の落書きが残っている――って」

「マニアックな知識だなあ」

――そうやってページをめくりながら、お義母さんは、お義父さんに会っているのだろう。

ゆかりは、そこで姿勢を正し、

「で、実は、その義母のことでお願いがあるんです」

「お？」

「パッサウの話は、この間、夫の実家に電話した時、出たんです。《志ん朝の本、読んでますか？》っていったら――」

「うん」

「そうしたら、《本は読めるけど、志ん朝さんの録音があまりなくて》と残念そうなんです。特に――『三軒長屋』という噺が聴きたいんですって」

先生は、自信をもって頷く。

「『三軒長屋』。――はいはい、了解」

「有名な噺ですか？」

「親父さんの志ん生も得意にしていたぞ。そういう意味じゃあ、これも家の芸だ。志ん朝のも絶品だったなあ。何といっても江戸弁がいいからなあ。いや、――そうと聞いたらほっとけない。うちにあるのを、お貸ししよう」

と、身を乗り出す。

「えっ。いや、買いますよ、どれがいいとか教えていただけたらと思って……」

「遠慮することはない。餅は餅屋だ。うーん、そうとなったら、聴きごたえのあるボックスセットがいいだろうなあ」

はりきる先生。ことが大きくなって来た。

「ボックス……、それじゃあ大変ですよ」

「そんなことはない。連れ合いをなくされた方に落語なんて、元気回復のいい薬だ。――さすがに、志ん朝ともなればいろいろ出ているぞ。うん。名古屋の大須演芸場でやった会のセットなんかCD三十枚ぐらいあった。僕は、それを買った時、丁度、入院してね。重い病気じゃなかったから、こいつはいいやと、夜となく昼となく、矢来町の噺に浸っていた。落語療法だ。ベッドで、ずっと枕をして聴いてたんだが――大須でやった時の志ん朝は、のびのびと心を許してる感じで――枕が、何ともいいんだよ」

わくわくしている。いささか親切の押し売りじみて来た。

「――えーと。日常生活の中じゃ、そんなに沢山は聴けませんよ」

先生の攻撃に、たじたじとなるゆかりだ。

「いやいや、無理に全部聴く必要もないし、急いで返す必要もない。のんびりのんびり、ま、一年は置いといてもらっていい。――とにかく、志ん朝の世界に浸るとなったら、やはり、まとまったセットが一番だ」

「はあ……」

先生は、料理に箸をのばしながら、

「嬉しいな。落語でお役に立てるなら、こんないいことはない。お安い御用だ。ふふ、――原稿を書くよりずっといい」

それでは困る。

10

疾風迅雷――といった勢いで、たちまち『小説文宝』編集部に宅配便が届いた。編集長のゆかり宛てだ。

「東横落語会の『古今亭志ん朝』よ」

というゆかりに、美希が、

「あれっ。名古屋のじゃなかったんですか、大須の会の」

「そっちには『三軒長屋』が入っていなかったんですって」

と、ボックスセットを抱えて見せる。

「大きいですね」

「CDが二十一枚、それと本」

「なるほど」

「これには、お願いした『三軒長屋』が、何と二つ入ってるんですって。先生、鼻高々よ」

「それはまた、ご丁寧な」

「昭和五十六年と五十八年の口演」

昔の声を耳に出来る。現代に生きる者のありがたさだ。

ドラえもんマニアの八島和歌子《やしまわかこ》が姿を見せたので、美希はかくかくしかじかと話し、

「今でも昔のレコード、捨てない人がいるのねえ」

というと、

「わたしも持ってるわよ。ソノシート」

薄いビニール盤のレコードだ。昔は、便利な廉価《れんか》版として普及したらしい。

「へええ。何の……」

と、いいかけてやめた。

「聞かないの？」

「いえ。聞かなくても分かりますから」

和歌子は、にやりとし、

「そうよ。――『ドラえもん音頭』よ」

胸を張る。人によって守備範囲が違う。

「かけられますか。プレーヤー、あるんですか」

「大丈夫。子供の頃、叔父が、てんとう虫型のプレーヤーと一緒にプレゼントしてくれたの。わたしの子守唄は『ドラえもん音頭』なのよ」

「おお！」

その頃でも、かなりの骨董品だったのではないか。

ともあれ、好きな人のところには好きなものが、磁石が鉄を引き付けるように集まって来るものだ。

八島さんはいう。

「レコードって、今でも割合、人気あるのよ。声優さんが、ＣＤと一緒にレコードも出したりしてる」

それならではの味わいがあるのだろう。歴史は繰り返す、と思う美希だった。

編集作業は二月号にかかっている。校了は年が明けてから。仕事始めからさらに一週間は余裕がある。とはいえ、新しい年になってしまえば心理的にバタバタする。

百合原編集長は、

――年内になるべく初校を出そう！

という方針だ。

あわただしい年末だが、折角《せっかく》の『三軒長屋』である。年の暮れまで引っ張らず、いち早く手渡したい。郵送は味気無い。

ゆかりの結婚相手は同業他社、洋々社《ようようしゃ》の編集者だが、幸い、書籍担当。雑誌をやっているゆかりに比べ、時間的に融通がきく。実の息子でもあるから、気軽に千葉の実家に届けに行った。

数日して、仕事の途中にふと思い出した美希が、

「喜ばれたでしょうね」

すると、ゆかりが案外な表情。期待したような、はずむ笑顔を返して来ない。

「……それがね、いつも気配りをするお義母さんだから、すぐにお電話はくださった。――《聴いたわ、ありがとう》って」

「はい」

「でもね、何か変なのよ。通り一遍のご挨拶に聞こえるの。いつも、そんなじゃないのに」

年末の過密スケジュールのせいだけでなく、ちょっと疲れた顔に見えた。

「……それはおかしいですね。ひょっとして、間違ってたのかな。探してるのが『三軒長屋』じゃなかった。似たような名前の――」

内気なお義母さんは、それがいい出せなかったのではないか。手間をかけた嫁に遠慮して。しかし、ゆかりはきっぱりと、

「それはない。――間違いなく『三軒長屋』だったわ」

## 11

気になったので、その夜、リモートで父と話した。

――いくら何でも、他人のお義母さんのこんなことに、はっきりした答えなど出せるわけがない。

とは思いつつ、心の片隅でそれを期待した。

この前、十二月に入ったところで、

――師走は気ぜわしく三択問題も作れない。年の暮れの三択ロスだ。

などと駄洒落をいっていた父だが、はたして回答のプレゼントをくれるサンタクロースになれるのだろうか。

ともあれ、美希が日常のあれこれを伝えれば喜ぶのだ。それだけでもいい。そう思って、事の顚末を細かく伝えた。

すると父は、こくんと頷き、

「なるほど、なるほど」

分かったような顔をしている。

「何がなんだか、見当つくの？」

「今はまだおぼろげだがな。五里霧中の霧が晴れる鍵は――パッサウだな」

「へ？」

「ミコが今、いったろう。パッサウ」

古今亭志ん朝の落書きがあるという、ヨーロッパの地名だ。

「ちょっと待って。それって、ドイツの町だよ」

「ああ。そうだ」

「ドイツの町が何で、落語の『三軒長屋』に繋がるの」

父は、にんまりと笑い、

「不思議だろうなあ。──お父さんも、ちょっと書庫に入って、本を開かないと確かなことがいえない。残念ながら、即答出来ない」

「勿体《もったい》ぶるなあ」

「名探偵も、なかなか真相を明かさないだろう。おかげで、次々と被害者が出る」

「……この件じゃあ、そんなこともないだろうけど」

落語殺人事件にはならないだろう。父はちょっと身をそらせ、二枚目風の顔になり、

「それどころか、うまくいけば、先輩のお義母さんをにっこりさせられるぞ」

美希は、心がはじけ、

「凄いよ！　本当に、そんなこと出来たらお父さん、サンタだよ」

「──おらぁサンタだ」

「何それ」

「大昔、そんなドラマがあったという」

「古いこと、知ってるのね」

「だから、いろいろ答えられる。そこで昔のことを知らないミコに、宿題だ。──その昔、昭和五十年代、落語協会の分裂騒動というのがあった。当時、一般の新聞にも大きく扱われた。それがどういう事件で、古今亭志ん朝は、どんな役割を果したか。──予習しておきなさい」

「先生みたいね」

父の仕事は、高校教師だ。

それにしても、その騒動がどう繋がって来るのか。ますます、狐につままれたようになる美希だった。

村山先生の担当であることが、こういう時には役に立つ。カンニングをするようだが、仕事のやりとりのついでに聞いてしまった。

「ああ。それは有名な事件だよ。もう四十年以上前になるかなあ」

と、先生。

「――落語家にとって、真打ちになれるかどうかは死活問題だ。その昇進方針をめぐって、当時の落語協会会長柳家小《やなぎやこ》さんと三遊亭圓生が対立したんだ。結局、和解出来ずに圓生が協会を出、新しく『落語三遊協会』を設立することになった。当初は、多くの落語家がそちらに行くことになっていた」

「古今亭志ん生は?」

「もうその頃には、亡くなっている。文楽や志ん生がいたら、そんな騒ぎにはならなかったろう」

「志ん朝さんは?」

「志ん朝は、真打ち問題に関しては圓生と同意見だった。また、圓生の芸を尊敬していたこともあり、悩んだ末、そちらについて行くことにした。一方、兄の馬生は落語協会に残るという判断をした。どちらも、つらかったろうなあ」

「兄弟が引き裂かれた——という形ですね」

「そういうことだ。赤坂のプリンスホテルで、新協会設立の記者会見があった。志ん朝は《あんちゃんごめんよと言ったら、一生懸命やれよと言ってくれました》と語った」

「ううむ」

「しかし、席亭——つまり寄席のトップが、分裂に拒否反応を示し、三遊協会は寄席に出さないと決めた。背景には、簡単にはいえないことがいろいろあったんだがね。——しかし、とにかくこれで一気に風がかわった。圓生のもくろみは頓挫する。野球場を失う野球選手のようなものだ。それでは参加出来ない——と、今まで三遊派を表明していた落語家たちが離れて行った。——志ん朝もまた、自分のことより弟子のことを考えると、どれだけ頭を下げても、落語協会に戻るしかないと判断した」

「うわあ」

「多くの落語家が、この事件で傷ついた。明るかった志ん朝が、これ以来、寡黙《かもく》になったという人もいる。落語界にとって、計り知れないほど大きな悲劇だったよ」

遠い過去のことだが、当時を知る先生の声は、生々しく重く沈んだ。

# 12

二十日の日曜。美希は、中野の実家に帰った。

先週、入稿出来るものはし終えた。まだ校閲の結果も出ていないので、編集部はお休みだ。明日から一週間かけてゆっくり進行する。

久しぶりに家に顔を出せる、日曜の午後だった。父から、先日の答えを聞けることになっていた。

掘り炬燵の定位置に座る。

「やっぱり、冬は炬燵だねえ」

「そこでミカンを出したいところだが、くつろぐ前に質問だ。ドナルド・キーンは知ってるな」

「そりゃあ勿論」

「キーンさんの声の録音されてるレコード、——といったらどんなものがあると思う」

「文化講演じゃないの」

ドナルド・キーン語る、などというのは、いかにもありそうだ。

「そう思うだろう。——では、マリア・カラスは知ってるか」

「伝説的オペラ歌手でしょう」

「そうだ。カラスのレコードは山ほど出ている。そして、その中に、――キーンさんの声の入ってるものがあるんだ」

「……はあ？」

マリア・カラスと共演するドナルド・キーン。そんなことはあり得ない。父は、美希の驚きを楽しみつつ、

「ところはイギリス、コヴェント・ガーデン歌劇場。戦後、間もない頃だ。オペラファンのキーンさんは、しばしばそこに足を運んでいた。忘れられないのがマリア・カラスの『ノルマ』だった。まだ若い彼女は、太めだったが、かえってその声は不可能を知らず、演技も抜きん出たものだった」

「天才の絶頂期ね」

「ああ。『わたしの好きなレコード』という本に、そう書いてある」

「……レコード」

「そうだ。キーンさんの観た、まさにその舞台が、海賊盤になった。キーンさんの愛するレコードだよ。――LP時代だ。オペラのレコード化も可能になっていた。カラスの『ノルマ』なら、ほかにも出ている。しかし、その日の舞台はまさに至高の、二度とないものだった。そして、そのレコードをかけると何と、終わったところで叫ぶキーンさ

んの声が、はっきり聞き取れる——というんだ」

あっと驚く。

「ブラボー？」

「その手の叫び声だろうな。思わず知らず出てしまったんだ。それが記録され、盤の中に閉じ込められた」

美希は、思い出す。

「……『サラサーテの盤』」

「ん？」

「『ツィゴイネルワイゼン』のレコードに、サラサーテの声が残っているんでしょう」

「ああ。有名な話だな。——勿論、本来、記録すべきは演奏だ。しかし、人間がそこにいれば、声が入ることもある。そういうことは、落語でもあるぞ。いい例がこれだ」

といって父はＣＤを取り出す。『全日空寄席　落語傑作選　第十二巻　人情噺』だ。

「——これに、桂米朝《かつらべいちょう》の『一文笛《いちもんぶえ》』が入っている。二〇〇二年四月二十九日、歌舞伎座でやった『喜寿記念　桂米朝の会』の録音だ。この出だしが何ともいい」

用意のプレーヤーにセットする。出囃しが鳴る。大看板の登場。すると客席から、

「——っ！」

と大声。待ってました、とか、名人、とかいっているのだろうが、ただの叫び声にし

か聞こえない。客席も一瞬、引く。すると、米朝が、

「……は？　分かるようにいうてください」

たちまち爆笑、拍手。米朝は悠揚迫らず、観客をつかみ、場所が歌舞伎座だけに、掛け声の場合、役者の屋号の音羽屋や成田屋はいいやすいが、

「――住んでるところをいうたりしまして、昔は明舟町《あけふねちよう》なんていいましてね。十五代目の羽左衛門《うざえもん》……」

いい男の代名詞だった名優の名をあげ、自分が初めて客として歌舞伎座に来たのは、昭和十八年だった――と語る。思いがけないきっかけから開く味わい深い世界。年輪を重ねた人ならではの語り口だった。

父はそこでCDを止め、

「とりあえずはここまでだ。――さて、これはたまたま観客の声が入った例だが、それより普通に入るのは何だ。始まる前、終わった時の？」

「……拍手かな」

「そうだな。レコードの中のそれについて、村上春樹《むらかみはるき》が書いている。『村上ラヂオ』の中にある。――村上は高校生の頃、リヒテルの弾く、ドビュッシーの『版画』をよく聴いた。素晴らしい演奏だ。それだけではない。曲の最後の、聴衆の拍手がよかった」

父は、その本を開いて見せてくれた。

さすがイタリア人、曲の最後の一音が空気に吸い込まれて消えるか消えないかというところで、ちょうどオペラのアリアに対するときのような絶妙のレスポンスで、うわあああという熱狂的な拍手と歓声が飛び込んでくる。観衆がどれくらい深くその演奏に魅せられていたかが、ひしひしと伝わってくる。本当の拍手とはこういうもんだという、見事な拍手です。そんなわけで僕の頭の中には、拍手までもが演奏と込みでしっかりインプットされてしまった。

「――というわけだ。おかげで、あるリサイタルで同じ曲を聴いた時、つい《音楽に没頭し》そのレコードと《同じタイミングで》拍手してしまった。ところが、そんな風に拍手したのは自分一人。日本人はなかなかそういう反応をしない。《穴があったら入りたかった》そうだ」

「分かるなあ。――レコードの中では、拍手が演奏と一緒になって、ひとつの世界を作っていたのね」

「そうなんだ。――で、お父さんは思う。百合原さんのお義母さんが聴きたかったのは、リヒテルのレコードにあったような――《見事な拍手》だった、と」

# 13

いきなりの飛躍だ。ついて行くのが難しい。父は続ける。

「それも『三軒長屋』の、特定のある日、ある会の、ある拍手だ」

といって、文庫本を出す。『志ん朝の落語6　騒動勃発』、編者が京須偕充《きょうすともみつ》。——ちくま文庫である。

「『三軒長屋』の出だしを見てごらん。三百人劇場でやった口演だ」

ええ、いっぱいのお運びで、ありがたく御礼申し上げます。うう、なんかこの、梅雨なんですけど、急にこの、夏のようなお天道様が出てきたり、なんかこう…、春先もそうでしたな。えー、暑いなァと思うってえと急に寒くなったり。二、三日前なんか、たいへんにこの、暑かったンン。それが、きのうきょうあたりンなると、寒かったりなんかする。変ですね、大きな地震があったり。とにかく今年は波瀾万丈の（落語協会分裂があった）年でした…。もうこうなるってえと、お客様を頼りにするよかしょうがない。どうぞしとつ、よろしくお願いをいたしておきます。（喝采に応え）ありがとう存じます。

「昭和五十三年。京須の解説に《六代目三遊亭圓生の落語協会脱退騒動からほぼ一ケ月後の口演》とある。志ん朝、《四十歳の夏》だったそうだ」

「……」

「それまで、志ん朝は、芸は消えるからいいといって、レコードを出さなかった」

「人気者なのに？」

「ああ。落語のＬＰレコードが次々に出ていた頃だ。当然、切望する声があった。しかし、志ん朝は、うんといわなかった。――その禁じていたレコード化を《志ん朝さんがようやく承知したのは、この口演の一ケ月あとである》という。苦しみの中にも、いろいろと思うところがあったのだろう。《この『三軒長屋』もめざましい高座だった》」

父はそこで、さっきとは別のＣＤを取り出し、

「――そこまでいわれたら、聴いてみたいだろう」

「あるの？」

「なきゃ呼ばない」

ソニーから出ている『落語名人会　古今亭志ん朝　三軒長屋　羽織の遊び』というＣＤだった。ケースを手にすれば見える、青年といっていいほど若い志ん朝の姿が心地よい。

勿論、見ているだけでは仕方がない。『三軒長屋』の出だしを聴いてみた。《喝采》という感じではない。志ん朝を、温かく包むような笑いと拍手だ。

「三百人劇場の会には、熱心な志ん朝ファンが集まった。その窮境は、みんな知っている。後押しをしたいという一体感があったろうなあ。——あの時期、志ん朝一本槍だったという百合原のお義父さんなら、そこにいて不思議はない。いや、いない方が不思議かも知れない。ひょっとしたら、若いお義母さんも連れて行っていたかも知れない。そこまでは分からない」

## 14

「ちょっと待って。強引過ぎるよ。——志ん朝ファンだったお義父さんの拍手も、きっと混じっている。だから、お義母さんが聴きたがった——っていうの？」

「簡単にいえば、そういうことだ」

「そりゃあさ、絶対にないとはいえないよ。だけど、決めつけるのは……無理があり過ぎる」

「確かにな。当たり前なら、そちらに、すんなりとは開かない扉だろう。しかし、《パッサウ》という鍵がある」

「ほ？」

美希が目を白黒させていると、

「お茶ぐらい、飲んでいきなさいよ」

と母が、黒ごまラテを出してくれる。

「近頃、はまっているの。何だか、髪の生え際が黒くなったような気がするの。ほら」

豆乳で溶いたものだという。

「ええと。……そんなに効果あるの」

「あくまでも、個人の感想です」

母は、そういって去って行く。ラテを啜《すす》りながら、

「そこよ。一体全体、何が《パッサウ》なの」

「まあ、聞け。平成の名人、古今亭志ん朝だ。彼を語る本は沢山ある。確か、百合原のお義父さんはかなり集めていた。お義母さんが今、それを読んでいるんだろう？」

「ええ」

「本にはそれぞれ、その本でないと出て来ない情報がある。たとえば、さっきの京須さんの『志ん朝の走馬灯』を読むと、ある時、明治座の楽屋に行ったら《志ん朝はのんびりと畳に足を投げ出し、くつろいだ表情でドイツのラジオ放送を聴いていた》というんだ」

「ドイツ！　海外の放送を？」

「そうだ」

志ん朝のドイツ愛は本物だ。

父はそこで、厚い本を一冊取り出す。――『今日は志ん朝　あしたはショパン』。

「何、これ？」

「同学社というところから出ている。中央大学教授佐藤俊《しゅん》一郎《いちろう》氏の遺稿集だ。お父さんは、都心の大手書店で見つけた。《志ん朝》という言葉にひかれて抜き出してみたら帯に《歌舞伎、落語、クラシック、文学、連句にと自在に遊んだ希代のエピキュリアンの航跡。昭和＋平成の文化・芸術の生き証人の秘録》とある。目次を見ると、まず『歌右衛門と志ん朝の時代』。ずっとたどって行くと『カフカと落語』なんて文章から『名作歌舞伎面白ビデオ案内』まである。最後は歌仙だ」

「……何だっけ、歌仙て」

「連歌や俳諧で、長短句三十六を連ねる文学形式だ」

「国文科じゃないもん」

「簡単に逃げるな。中には落語歌仙まであり、その発句《ほっく》、つまりスタートの句は《寄席その夜馬生トリにて「たがや」かな》」

「おお」

「脇句――つまり第二句を佐藤氏がつけ、お仲間が次々に繫げて行く」

「佐藤さんも凄い、お仲間も凄い」

「ま、とにかく開いたら、買わないわけにはいかない本だ。で、この中に出て来るんだ」

「……何が？」

「《パッサウ》に決まってるだろう」

## 15

「――佐藤氏は、志ん朝と話したことが一度だけあるという。専門がドイツ語なので、ドイツについて話した。ドイツにはあまりうまい地ビールがない、といったら、志ん朝は《「いや、うまいのがある」とほとんどムキになっていた》そうだ。佐藤氏は、《無数にある地ビールのほんの一部を飲んだだけ》でいった自分の失言だったと反省する。そして、――こうも書いている」

パッサウ（ドイツ南部の町）を何年か前に訪れた際、バーだか喫茶店だかで、署名や落書をしたのだが、最近行ってみたら、まだちゃんと残されていたと嬉しそうだった。

「ああ……」
「これは、志ん朝と佐藤氏の間で交わされた会話だ。ほかの本に出ているとは思えない。つまり、お義母さんは、書棚にある沢山の志ん朝本のうち、確かにこれを読んでいた」
「でしょうね」
「さて、この本の最初にある『歌右衛門と志ん朝の時代』というのは、佐藤氏の鑑賞記録だ。『はじめに』の中にこんな文章がある」

昭和五十七（一九八二）年一月二十三日、同じ一日の内に志ん朝の噺を聞き、歌右衛門の舞台姿を見るとは何という贅沢であったことか。

五年後に一年ほどウィーンで暮らしたとき、昼にバーンスタインがウィーン・フィルを指揮したシベリウスとモーツァルトを聴き、同じ日の夜に国立歌劇場で、ドミンゴ主演のレオンカヴァルロのオペラ『道化師』を楽しむという経験もあったが、今になって思えば、洋の東西を越えてどちらも夢のような贅沢であった。

歌右衛門の舞台と志ん朝の高座を同じ一日に体験することが可能だった時代、それは当方にとって掛け替えのない「歌右衛門と志ん朝の時代」だった。

それは平成十三年に終った。この年の三月三十一日に歌右衛門が、十月一日に志ん朝が世を去ったのである。

「その時代の克明な記録であり、今となってはそれ自体が《掛け替えのない》ものだ。砂時計から金の砂が落ちるのを見るような気になる。昭和五十三年六月二十四日、佐藤氏は三百人劇場に行っている。——こう書かれている」

『三軒長屋』は五十分の長講。マクラで天候不順にひっかけて落語協会分裂騒動をほのめかし、「お客さまだけが頼り」といったら、同行の我が母が身を乗り出して、こちらが驚くほどの勢いで拍手した。

筆者は志ん朝が亡くなったあと、遺されたCDを封印したままにしてまったく聴いていないが、聴くときは先ず『三軒長屋』からとひそかにきめているのは、それがちょうどこの日の録音で、その個所の拍手の中に、亡き母のそれの音が間違いなく入っているはずだからである。

## 16

口にする言葉がなかった。

お義母さんは、間違いなくこれを読んだのだ。ここにあるのは、佐藤氏の思いである。しかし、佐藤氏の《亡き母》がそうしたように、自分の亡き夫もまた、その日に拍手した――と思ったろう。

お義父さんは、志ん朝に関しては、実際に聴く方で、レコードを集めはしなかったという。音源のコレクションの中に『三軒長屋』はなかった。

もし、その日、同席していたならいっそう、そうでなくても、この拍手は聴きたかったろう。そういうことなのだ。

「どうだ?」

「間違いないと思う。数ある演目の中で、『三軒長屋』をあげたのだから」

「そうだろうなあ。――高座と客席がひとつになった瞬間というのは、演者から見ても客から見ても一期一会の黄金の時だ。ここには、それがある」

「うん」

「しかし、一期一会は、そういう特別な時だけにあるものじゃない。今は、落語も劇も音楽も、あらゆる舞台で、客と演じる者の間が遠くなっている。リモートで演じるという方法もある。確かにそれも可能性のひとつだし、大切なものだ。――しかし、舞台と客席が作り上げる時間がいかに輝くものだったかを、あらためて思い知るなあ。当たり前のことだが、客もまた演者だった」

――観る者と観られる者の作る舞台が、一日も早く戻って来ますように。

美希は、そう思った。

外が薄暗くなって来た。父は、『三軒長屋』のＣＤを取り上げ、

「それじゃあこれ、――先輩に渡してあげなさい」

「えっ。いいの」

「おいおい。どうしたって、そういうことになるだろう」

美希は、こっくりをし、

「そりゃそうだね」

受け取った。

母が台所からやって来て、

「そろそろ五時になるわよ。ベランダに出てみましょう。――帰る前に、一緒に空を見て行くのよ」

「……何があるの？」

父が、呆れたように、

「やれやれ。仕事が忙し過ぎるんだな。地上しか見えてないぞ」

「どういうこと？」

「新聞でも、テレビでも、話題じゃないか。今、四百年ぶりに土星と木星が近づいてる

んだ。空に仲良く、並んで見える」

「へええ。——肉眼で？」

父も母も揃って、力強く頷く。

「昨日も見たよ。もうちょっとしたら離れ出すようだ。——次の時でいいやと思うと、かなり長生きしないといけない」

二階への階段を上る。美希が最初になり、父母が後からついて行く。子供の頃には、こんなことがよくあったと思う。

サッシの戸をあけ、スリッパでベランダに出た。母が、南西の空の、それほど高くないところをすっと指さした。

「ほら、あそこ」

暗さを増す空の、遠くの電線の上に、線香でぽつんと穴を開けたような丸い光が見えた。そして、その左斜め上に、これは針で突いたような点がある。

「どっちがどっち？」

父がいう。

「下が木星、上が土星……のようだ」

「わたしが教えたのよ」

と、母。

星と星が巡り合うように、百合原さんのお義母さんは、昔の音と巡り合うのだと、美希は思った。

参考文献
『小説の散歩みち』池波正太郎（朝日文庫）
『師匠、御乱心！』三遊亭円丈（小学館文庫）

初出一覧

オール讀物

大岡昇平の真相告白　二〇一九年九・十月号

古今亭志ん生の天衣無縫　二〇一九年十一月号

小津安二郎の義理人情　二〇二〇年六月号

瀬戸川猛資の空中庭園　二〇二〇年十一月号

菊池寛の将棋小説　二〇二一年二月号

古今亭志ん朝の一期一会　二〇二一年三・四月号

**北村 薫**（きたむら・かおる）

1949年埼玉県生まれ。早稲田大学第一文学部卒業。高校で教鞭を執りながら執筆を開始。89年『空飛ぶ馬』でデビュー。91年『夜の蝉』で日本推理作家協会賞受賞。2006年『ニッポン硬貨の謎』で本格ミステリ大賞（評論・研究部門）受賞。09年『鷺と雪』で直木賞受賞。著作に〈円紫さんと私〉シリーズ、〈覆面作家〉シリーズ、〈時と人〉三部作、〈ベッキーさん〉シリーズ、自身の父の日記に材を採った〈いとま申して〉三部作、『飲めば都』『八月の六日間』『ヴェネツィア便り』『雪月花 謎解き私小説』など多数。アンソロジーやエッセイ、評論などにも腕をふるう「本の達人」としても知られる。

# 中野《なかの》のお父《とう》さんの快刀乱麻《かいとうらんま》

2021年11月10日　第1刷発行

著　者　北村《きたむら》 薫《かおる》

発行者　大川繁樹

発行所　株式会社 文藝春秋

〒102－8008 東京都千代田区紀尾井町3－23
電話 03－3265－1211（代）

印刷所　凸版印刷

製本所　加藤製本

万一、落丁・乱丁の場合は送料小社負担でお取替えいたします。
小社製作部宛、お送り下さい。定価はカバーに表示してあります。


ISBN 978-4-16-391461-9
Printed in Japan

北村薫の著作

## 中野のお父さん

若き体育会系文芸編集者の田川美希。
ある日、新人賞の候補者に電話をかけたが、
その人は応募していないという。
何が起きたのか見当もつかない美希が、
高校教師の父親にこの謎を話すと……（「夢の風車」）。
仕事に燃える娘と、抜群の知的推理力を誇る父が、
出版界で起きる「日常の謎」に挑む新感覚名探偵シリーズ。

文春文庫

北村薫の著作

## 中野のお父さんは謎を解くか

運動神経抜群の編集者・田川美希の毎日は、
本や小説にまつわる謎に見舞われ忙しい。
松本清張の「封印」作品の真実、太宰治作品中の意味不明な言葉、
泉鏡花はなぜ徳田秋声を殴ったのか……。
そんな時は実家に行き、高校教師にして
「本の名探偵」・お父さんの知恵を借りれば親孝行にもなる!?
シリーズ第二弾。

文春文庫